Le chat Moune exagère...

Philippe Ragueneau

Le chat Moune exagère...

Albin Michel

Illustrations de Jean Denys Phillipe

22, rue Huyghens, 75014 Paris.

ISBN 2-226-03929-5

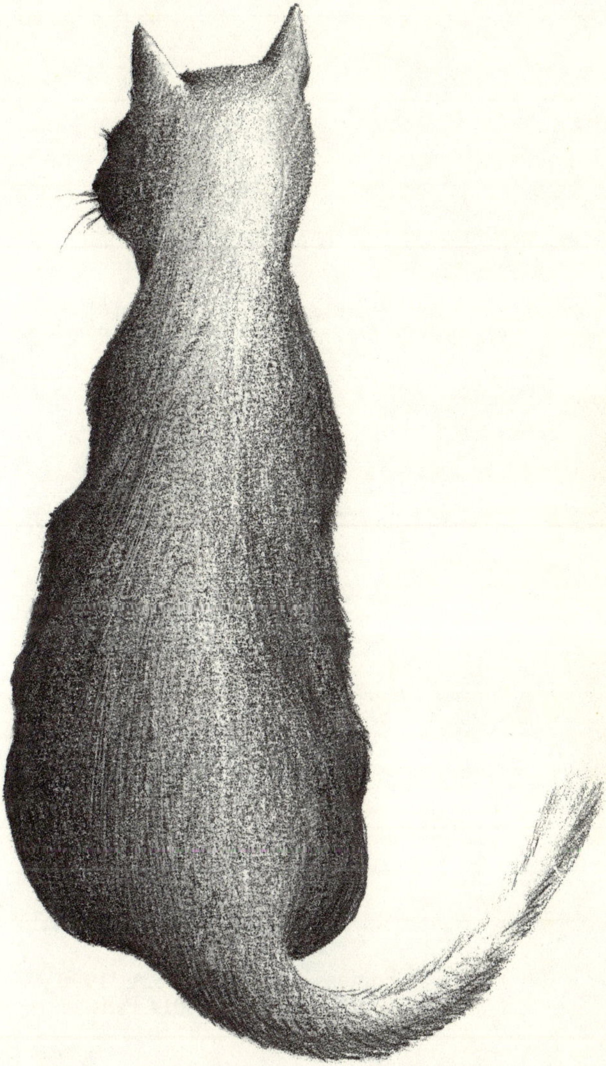

Moune est un chat qui réfléchit

Paris, le 15 avril ...

JE veux dire : un chat qui réfléchit vraiment, ni vaguement, une seconde ou deux, comme vous et moi, ni par-dessous la jambe comme un écervelé, ni distraitement, ni pour faire mine... Non, je dis bien : sérieusement, posément, en faisant le tour des hypothèses, des possibilités et des choix.

Tenez, par exemple, il vient de demander à sortir. Il est descendu avec moi du deuxième palier au premier et je lui ai ouvert la fenêtre du jardin. N'importe quel autre bestiau aurait déjà sauté entre deux barreaux, sans réfléchir, ou déboulé d'une traite jusqu'au portail du rez-de-chaussée pour se retrouver, bêtement, dans un jardin peuplé de gosses braillards et imprévisibles, ou dans un rue hostile noyée sous la pluie. Ridicule ! Consternant ! Débile !...

Avec Moune, rien de tout ça. Il s'est immobilisé sur le palier, en direction de la fenêtre, et il hume, longuement, ce que je repère très bien à son petit nez noir et luisant qui fristouille imperceptiblement. En cet instant, il se livre à une opération essentielle : flairer la température extérieure (froide, fraîche ou tiède), identifier les odeurs qui montent (s'il y a un barbecue en route, là en-bas, sur la pelouse de mes amis, ça veut dire aussi des inconnus et des mômes), apprécier le fond de l'air (ça serait bête, avouez, de choper un rhume en cette saison), analyser le volume sonore des piafs qui se pourchassent dans les arbres (j'observe les oreilles en lucarne qui s'orientent d'est en ouest, comme un radar qui suit le missile)...

Il entre toutes ces informations dans son ordinateur personnel, le « *Cat's 2000* », et il traite aussitôt les données. Assis sur sa queue, il attend le résultat. Dans la petite caboche ronde et dure, ça tourne à 5000 tours/minute, et je ne serais pas surpris de voir un peu de fumée sortir des oreilles...

Non décidément, le jardin, ce matin, c'est pas le pied. Il pourrait aller s'en assurer, remarquez, en sautant sur le rebord de la fenêtre, mais c'est une fatigue bien inutile. Lui, le Moune, il préfère se rencarder et réfléchir.

Sa décision est prise : il descend encore un étage. J'ouvre le portail et l'arrime au crochet.

Moune s'assied sur le seuil, regarde à droite, regarde à gauche... et réfléchit.

Ce qui se passe dans sa tête, je le devine : « *Le ciel est bien bas ! On pourrait bien avoir droit à une petite rincée dans pas longtemps... Et qui c'est ce croquant qui s'amène en traînant les pieds, au bout de la rue ?... À sa façon de marcher, sûr et certain qu'il y a un clébard sans laisse sur ses talons... Qu'est-ce que je disais!... Bon. Est-ce que j'ai le temps de traverser la rue et de m'enquiller dans le trou du grillage de l'école?... Réfléchissons... Non, un peu tangent... Et à droite, qu'est-ce qui se maquille, à part la petite chienne des voisins qui gueule comme d'habitude? (Mais celle-là, si elle mordait autant qu'elle aboie, elle aurait les crocs au ras des gencives...) Ça a l'air peinard, mais faut pas s'y fier... Tiens! Voilà le gars Othello qui s'amène. Celui-là c'est mon pote. S'il y avait du rififi dans l'air, il viendrait à ma rescousse, ce bon clebs. Il m'adore, que voulez-vous... Hou là! Qu'est-ce qui se passe?*» — Un coup de vent subit a peigné Moune à rebrousse-poil et il recule d'un bon mètre dans le hall — « *... Si le vent s'en mêle, en plus! Dans le jardin, au moins, on est à l'abri...* » Il jette un long regard pensif derrière lui, en direction de la fenêtre palière... et il réfléchit.

Dans la cuisine, là-haut, mon café refroidit et les toasts seront bons pour la poubelle...

« Moune, tu te décides, oui ou merde ? »

C'est intéressant, un chat qui réfléchit. Mais, parfois, j'aimerais bien qu'il réfléchisse un peu moins et qu'il se magne un peu plus...

Moune est un chat très propre.

Attention ! Pas comme un qui bâcle, confond gratouille et coup de langue-serpillière, ou se torchonne à la paresseuse, en deux coups de cuillère à pot ! Non, je dis bien : propre, vraiment propre, propre dans tous les coins (et vous n'avez pas besoin de savoir lesquels), propre du creux des oreilles aux coussinets des pieds.

Tenez, par exemple, il vient de demander à sortir (une fois de plus). Il est descendu avec moi du second palier au premier et je lui ai ouvert la fenêtre du jardin. Il s'y dirige gaiement et, soudain, il s'immobilise... : « *Cette petite envie de pipi, faudrait pas que ça me trahisse dans l'escalier, quand même... Les sphincters, ça se contrôle, d'accord, mais ça peut aussi se déglinguer. Et dans l'escalier, vous vous rendez compte, ça ferait désordre...* »

Alors, il fait demi-tour, revient dans la cuisine et va droit à son bac.

Avant d'officier, il fait son trou — bien net, bien propre : « *Faisons gaffe à ne pas mettre les pattes dans le pissou de ce matin !...* »

La litière, dans la cuvette, est adéquate. Il

s'accroupit et hardi petit ! « *Pas à dire, ça dégage la tête !* »

Il ramène délicatement les granulés sur le résultat — propre, bien propre —, s'assure, par une reniflette, qu'aucune nuisance olfactive ne s'en dégage et repart, direction la porte.

On redescend.

Dix marches plus bas, il s'arrête encore : « *Je me demande si ma queue est bien nette... J'ai horreur du négligé. C'est vrai, quoi ! On est vite jugé, par les collègues ou par les gens : Vous avez vu le Moune ? Il ne se laisserait pas un peu aller, à votre avis, avec l'âge ?...* »

Il s'assied sur la marche, sort de sa petite gueule une langue rose, longue comme un jour sans pain, et il se la passe attentivement, soigneusement, sur toute la longueur de l'appendice caudal. « *Voilà, c'est mieux.* »

On refait dix marches ensemble... « *Et les griffes ?... J'ai fait mes griffes, avant de sortir ?... J'sais plus...* »

À tout hasard, il s'installe en tailleur et se les inspecte avec la plus extrême attention : « *Ah là, j'avais un peu de boue séchée...*» Et ça repart, la langue... Propre, on vous dit. Très propre.

(Et mon boulot qui m'attend là-haut!...)

« Moune, tu te grouilles, oui ou zut? »

C'est sympa, un chat propre. Mais, parfois, j'aimerais mieux un chat un peu salingue qui ne passe pas des heures à se faire beau pour les copains.

Moune est un chat curieux.

Tous les greffiers sont curieux, me direz-vous. D'accord. Mais il y a « curieux » et « curieux ». Or, Moune, lui, est excessivement curieux — pas curieux furtif, ni curieux distrait, ou curieux comme ça, en passant, pour se donner un genre —, non: curieux-curieux.

Tenez par exemple, il vient de demander à sortir (pour changer). Il est descendu avec moi du deuxième palier au premier et je lui ai ouvert la fenêtre du jardin. Je le croyais sur mes talons... Mais non, il est resté à mi-étage, là où le haut de la fenêtre dessine, au ras des marches, une sorte de soupirail un peu empoussiéré vu que c'est plutôt coton de laver la vitre à cet endroit-là.

Je remonte quelques marches. Moune a le nez collé contre les carreaux, et il mate. Il mate le jardin des Soto, il mate le jardin d'à-côté, il mate le faîte des murs mitoyens... « *J'ai bien le droit de voir un peu ce qui se passe dehors, non ? D'abord, c'est intéressant ; ensuite, ça instruit... Tiens ! C'est pas le loustic des voisins qui se trimbale sur mon mur sans ma permission ? Je vais aller lui faire la tête au carré ! Aussi sec !* »

Il se dévisse le cou pour observer le bout de la pelouse voisine, sur sa droite, des fois que Mademoiselle Sidonie y ferait sa promenade du matin... « *Non, je vois rien. Doit être en train de s'empiffrer de croquettes chez Francis... N'arrête pas de bouffer, celle-là !...* »

Il finit par s'arracher à son exploration et descend dix marches... « *V'là aut'chose ! Qu'est-ce que c'est que ça ?* » Il va vers un bout de papier qui n'était pas là hier...

« Moune, c'est un bout de papier... Ça t'intéresse, les bouts de papier ?

— *Faut voir...* »

Avec lui, il faut toujours voir...

Bon, nous voilà dans le hall. Pas trop tôt.

Moune regarde autour de lui et repère immédiatement que la porte du local aux poubelles est entrebâillée. Il y marche aussitôt d'un pas décidé.

« Moune ! N'entre pas là-dedans ! C'est dégoûtant et plein de microbes !

— *On peut jeter un coup d'œil, non ?* »

Avec la patte en crochet, il essaie d'agrandir l'ouverture, mais l'humidité a dû gonfler le bois et elle résiste. Il s'obstine... Puis, faute de mieux, il réussit à glisser la tête entre le vantail et le chambranle. Il n'y a rien, dans ce réduit, qui puisse l'intéresser, et il le sait bien, mais c'est plus fort que lui : dès qu'il voit une porte, il faut à toute force qu'il aille borgnoter ce qu'il y a derrière.

Je le tire par la queue — sans lui faire de mal, rassurez-vous, mais il l'a solide — et il m'envoie une bordée d'injures. Je l'ignore superbement et vais lui ouvrir le portail. Il me suit et, tout à coup, une odeur lui caresse les narines...

« *Ça, je reconnais ! C'est le Rouquin ! Veut tout le*

temps entrer chez moi, ce mauvais!... L'autre jour, encore! Même que j'ai dû aller le chercher par la peau des miches sur le palier du premier!... »

Il flaire le sol, suit les traces du Rouquin, les retrouve sur la plinthe, revient sur ses pas...

(Et moi qui ai un coup de fil urgent à donner!)

« Moune, tu les agites, oui ou crotte ?... »

C'est amusant, un chat curieux. Mais, parfois, j'aimerais mieux un chat qui ne s'intéresse à rien et va d'un point à un autre en ligne droite...

Moune est un chat poli. Poli et bien élevé. Pas tout à fait comme s'il sortait du Couvent des Oiseaux, non, faut pas pousser, mais correct, poli et tout, quand même.

Tenez, par exemple, si nous traitons céans quelques amis, familiers ou illustres, il lève son cul du siège où il en écrasait un chouia et vient les saluer avec, pour chacun, ce petit « *hé!* » qui veut dire « bonjour » en langage Moune. Il se laisse caresser tant qu'on veut — gentil, gentil — et va même jusqu'à produire un fond de ronronnement de circonstance. Ça fait plaisir au caresseur et ça ne fatigue pas trop les cordes vocales.

Tout le monde fait salon autour des apéros d'usage, les invités, nous deux et Monseigneur. Il s'intéresse à la conversation, tourne ses oreilles en lucarne du côté de celui qui tient le crachoir et sourit dans sa moustache aux plus fines plaisanteries. (Ça, c'est Catherine qui l'affirme. Moi j'en suis un peu moins sûr...)

Et puis l'on passe à table, et Moune suit, naturellement, poli et tout.

Catherine amène les hors-d'œuvre ou l'entrée et Moune, d'un bond, saute au milieu de la table — « C'est poli, ça ?... » Eh oui, monsieur, c'est poli, très poli. Car Moune tient à s'assurer que nous ne servons pas de la ragougnasse à des hôtes de cette qualité, et il vient flairer le plat avant de délivrer son visa, un point c'est tout. Mais comme Catherine redoute toujours que nos amis « non-chats » interprètent de travers l'attention et prennent pour un franc culot ce qui n'est que bienveillance et gentillesse, elle pousse des cris d'orfraie et s'évertue à rassembler les débris épars de sa réputation de maîtresse de maison accomplie :

« Moune, enfin ! Veux-tu descendre de là ! (Vers les invités :) Il ne le fait jamais, vous savez. Qu'est-ce qui lui a pris ?... » (Regard de Moune dans sa direction : « *Plus menteuse tu meurs... Elle bloblotte, Mémé! Je fais ça tout le temps, oui!...* ») « Allez, Moune, en bas ! Excusez-le... »

Elle le prend à bras-le-corps et d'autorité le pose sur le dallage. Quelquefois, une griffe reste accrochée dans le tissu. Alors, dans le mouvement, la nappe, les assiettes et les verres pleins viennent avec, et ça fait un beau gâchis, croyez-moi !

Quand Catherine revient de la cuisine avec le plat de résistance, Moune a déjà pris sa place sur son siège à elle, car il a flairé le fumet de la pintade ou du navarin d'agneau (il aime tout, ou presque), mais lorsque Catherine pose le plat sur la table, il ne saute pas dedans, monsieur ! Pas du tout ! (je vous voyais venir avec votre sourire narquois...) Non, monsieur ! poli et tout il reste à sa place, qui est celle de Catherine (mais Mémé, posée sur une fesse, n'a qu'à se démerder), et il attend qu'on lui serve une porsif pour adulte, dans son assiette bien à lui (avant les invités, bien sûr, mais c'est normal, non ?).

Pour le café, on repasse dans les fauteuils. Moune suit.

Nos amis s'installent et la chère petite Mme B. de W. commet l'imprudence de se poser dans le « coin Moune » du canapé. N'importe quel autre chat pousserait des rugissements et sortirait crocs et griffes. Moune, pas du tout. Il se plante simplement devant la chère petite Mme B. de W. et la fixe intensément, droit dans les yeux. Elle se baisse pour le caresser et roucoule :

« Qu'il est mignon ! Il voulait une gragratte, j'en suis sûre... »

Heureusement, il y a généralement, dans l'assistance, un membre du « Moune's Club » qui en sait un peu plus long sur le comportement de Monseigneur et qui rectifie :

« Pas exactement... Mais vous vous êtes assise à sa place habituelle et il vous somme — poliment — de dégager... »

La chère petite Mme B. de W. pousse un gloussement joyeux et, aussitôt, elle s'écarte du coin sacré.

Moune y bondit, tourne trois fois sur lui-même et finit par s'y rouler en boule. Mais vous avez bien noté, j'espère ? Sans un grognement, sans un coup de patte, sans un crachement de colère !...

Oui, vraiment, je le dis et je le répète : Moune est un chat poli, très poli.

... Quand même, quelquefois, entre vous et moi, il me fait un peu honte...

Le premier chat de Jean Devé

Gordes, le 6 mai ...

JEAN et Janine Devé nous avaient priés à dîner, non point dans leur charmant restaurant de Lacoste où le service de la clientèle ne permet de se parler qu'à la sauvette, entre une commande et une addition, mais chez eux, *at home*, bien au calme, et un mercredi, cela va de soi, puisqu'en saison, c'est ce jour-là qu'ils s'accordent un brin de repos bien gagné.

Connaissez-vous Lacoste ? C'est un étonnant village, accroché au Luberon, qui s'enorgueillit d'avoir été fief du fameux marquis de Sade — que beaucoup de gens confondent, d'ailleurs, avec le sinistre Gilles de Retz, croqueur de marmots à ses moments perdus — et dont le château ruiné dresse tout là-haut, contre le ciel visité de nuages, des moignons de donjons et des dentelles de courtines. En contrebas, un lacis de ruelles ombreuses s'entrelacent avec la plus charmante fantaisie, ruisseaux de pierres coulant entre des falaises de pierres où s'ouvrent des fenêtres à meneaux avec vue... sur des pierres : celles d'en face, naturellement, si proches, parfois, qu'on pourrait les toucher du bout des doigts.

Le restaurant de nos amis propose une halte goûteuse vers le mitan de la rue Basse. Il a pour nom « Le Simiane » et l'on vient de loin pour goûter les spécialités de Benoît, chef de cuisine et gendre tout à la fois.

Ce n'était donc point là que nous allions ce soir-là mais dans leur belle demeure qui se trouve juste en face, circonstance qui permet aux Devé d'aller du lieu de travail au domicile en faisant simplement un grand pas (précieuse économie de temps et d'énergie).

La particularité de cette maison est qu'elle est aussi haute que profonde. Je m'explique. Quand on pénètre dans le hall du rez-de-chaussée et que l'on jette un œil dans la cage d'escalier, on découvre qu'il y a autant d'étages en sous-sol que d'étages en élévation : trois dans chaque sens (très curieuse impression). Mais tout Lacoste est comme cela : enterré. Du reste, si, parti du rez-de-chaussée des Devé, vous descendez au deuxième sous-sol, vous vous trouvez de plain-pied dans une venelle qui passait là par hasard ; et si les Devé se construisaient un sous-sol ou deux de plus, ils pourraient déambuler comme chez eux sur la départementale 106 qui prend son élan au pied du village avant d'en partir à l'assaut.

J'étais resté penché longtemps sur la rampe de ce fameux escalier car quelque chose d'autre m'intriguait, au niveau du dernier sous-sol : un amas de coussins incongrus qui semblaient bien oubliés là. Et ce petit foutoir ne ressemblait guère à Janine...

Jean s'approcha en souriant :
« Ce tapis moelleux est destiné à recevoir Marquis pour le cas où il tomberait encore une fois... C'est déjà arrivé. Je l'ai vu passer devant moi comme une pierre et, par chance, il s'est récupéré sur ses quatre pattes. J'ai eu peur, quand même ! »

Sentant qu'on parlait de lui, Marquis, un superbe chat, blanc comme neige, passa sa jolie tête entre deux montants de la rampe pour observer cet étranger qui empiétait sur son territoire.

« Il traîne tout le temps dans l'escalier, dit Jean. C'est son domaine personnel. Il l'escalade en courant, il le descend sur le ventre, il y fait l'acrobate... »

Puis Jean me conduisit jusqu'à la salle à manger-cuisine du premier où les femmes nous attendaient déjà.

Afin que le festin ne fût pas chahuté par les réclamations véhémentes d'une bande de voraces, les sept autres matous des Devé avaient été poliment priés de demeurer sur leur terrasse — une vaste surface dallée qu'un grillage séparait du vide et où, jadis, avaient prospéré un foisonnement de plantes et de fleurs, réduites, à présent, à l'état de fossiles car, n'est-ce pas, à force de pisser dessus et de s'y faire les griffes, on finit par venir à bout d'une forêt tropicale, *a fortiori* d'un jardinet.

Interdits de séjour pour que nous puissions dîner en paix, les septs greffiers collaient leur museau contre les vitres des fenêtres et il fallait des nerfs d'acier pour se retenir d'aller leur entrebâiller les croisées.

Voyou, le caniche, que l'on avait toléré céans car il ne mendigotait pas — enfin, pas trop —, narguait peu charitablement les copains aux yeux exhorbités.

« Et si, même de loin, vous nous les présentiez ? »

Janine s'en chargea :

« La blanche et grise, c'est Minette. À côté d'elle, vous apercevez Bali, le tigré costaud. Le petit rouquin s'appelle Petit Kiki, et le gros rouquin, Gros Kiki...

— Vous ne vous êtes pas foulés...

À l'autre fenêtre, vous avez Moïse, tout noir comme Moune, et Rodilard, le tigré angora. Le blanc et gris qui a un bobo à l'oreille, c'est Mimi. Voilà, j'ai fait le tour... Ceux-là, ce sont les nôtres.

Mais Dominique et Benoît en ont quatre chez eux : Réglisse, Félix, Misty et Ninon.

— Belle famille !... Ils ne sortent jamais ? »

Jean soupira :

« Le moins possible !... La rue, pour étroite qu'elle soit, n'est hélas pas piétonnière, et il y a des imbéciles qui la confondent avec l'anneau de vitesse du circuit du Mans... Nous en avons eu deux d'écrasés, presque sous nos yeux...

— Sans parler, dit Janine, de ce sale type qui les empoisonnait à la mort-aux-rats parce que leurs amours nocturnes dérangeaient Monsieur... Je crois qu'il a déménagé, mais je voudrais m'en assurer. Heureusement, la maison est grande et la terrasse bien abritée. Nous les aérons parfois, sous surveillance... »

Les présentations avaient été faites dans les règles. On passa à table pour honorer un plateau de fruits de mer que n'eût pas désavoué « La Bonne Auberge » d'Antibes.

J'attaquais ma quatrième portugaise lorsque Voyou, à mes pieds, releva soudain la tête et lança un aboiement sonore en direction de la terrasse.

Tous les regards convergèrent et Janine, qui avait la vue plus perçante que les autres, s'exclama, horrifiée :

« Ils ont attrapé un oiseau ! »

Jean bondit hors de la pièce et courut vers les délinquants.

Peu après, il était de retour :

« C'était un martinet, et Bali l'avait dans sa gueule. Je lui ai fait lâcher prise, vous pensez ! Ah les malfaisants !...

— Il était encore vivant ?

— Tout à fait ! En pleine forme. J'ai ouvert la main et il s'est envolé.

— Avec une bonne crise cardiaque, probable. »

La conversation qui, depuis le début du repas, s'était bêtement égarée du côté de spéculations intellectuelles et supputations morales sans le moindre intérêt, genre révolution en Chine, indice des prix ou programmes de télévision, revint tout naturellement vers le seul sujet digne de polariser toutes les attentions : Messieurs les chats. Et, pour détendre l'atmosphère qui demeurait un peu troublée, je proposai à Jean :

« Racontez-nous donc votre premier chat, celui qui vous a embobiné à vie, pour son propre compte et pour les suivants... »

Il leva les bras au ciel :

« Mon premier chat !... Ça remonte à loin !

— Mais encore...

— 1956... Ce n'est pas d'hier... Fringant jeune homme, frais et dispos, robuste appétit et toutes mes dents, j'exerçais avec enthousiasme mon métier d'artisan-ébéniste, et mon petit atelier d'Ermont m'entendait chanter du matin au soir. Dégagé depuis peu des grandeurs et des servitudes de l'état militaire, cher à tous les mâles, comme chacun sait, je voyais enfin poindre à l'horizon des années de labeur aimable, sanctionnées par une honnête aisance, et j'étais à mille lieues de me douter qu'en ce beau mois de mai, l'armée me ferait savoir que, décidément, elle ne pouvait se passer de moi et, de préférence, sur un théâtre d'opérations assez peu engageant : les djebels de Kabylie où les fellagha lui cherchaient querelle...

» Me revoici donc affublé de la seyante tenue kaki, chère à tous les mâles, comme chacun sait, et arraché sans ménagement à mon petit atelier, à ma fiancée, la douce Janine, et à mes vertes collines qui sentent si bon, le matin, lorsque le soleil se lève... Direction l'Algérie, mon gars ! La suite, tout le monde la connaît : on crapahute dans les djebels, on crève de soif, on se fait allumer au coin des bois, on crève de chaleur, on numérote ses abattis, on crève de peur... De fil en aiguille, nous atterrissons à Chateaulun-du-Rummel, qu'a si bien chanté Enrico Macias, et la compagnie s'installe dans une ferme aux allures de fortin. Le fourrier que j'étais alors s'était vu attribuer un local dont les fenêtres, providentiellement, s'ornaient de gros barreaux. Comme je devais veiller sur l'armement, cela me convenait fort bien. Je pose mon barda, je sors mon sac à viande, je déboucle ma musette. Du regard, j'explore une dernière fois mon refuge et, tout à coup, je repère deux grands yeux qui me reluquent du haut d'une poutre. Je trouve une échelle et je vais voir... Cette petite boule de poils était un chat tricolore — non, une chatte, plutôt, puisqu'il n'y a pas de chats tricolores —, une chatte qui observait les événements et attendait philosophiquement que ça se passe, efflanquée, maigre à faire peur, mais pas tellement effarouchée, cependant, puisqu'elle se laissa prendre sans me cracher des injures au nez. Après lui avoir donné à boire et à manger, et ce n'était pas du luxe, je l'ai installée à l'intérieur de mon casque et elle a trouvé cet abri tout à fait épatant. Il fallait aussi lui donner un nom. Comme la nuit les moustiques prenaient le relais des mouches, je l'ai baptisée Moustique, ce qui ne risquait pas de me flanquer une migraine. Dès ce moment, Moustique partagea mon existence aventureuse, me suivant où j'allais, bouffant les rations de l'armée et, à la nuit tombée, réintégrant mon casque qui épousait de plus en plus étroitement des formes allant s'arrondissant.

» Le temps passait... Après les méfaits de l'été vinrent les méfaits de l'hiver. Jusque-là, je n'avais jamais eu aussi chaud de toute ma chienne de vie. Après cela, je n'ai jamais eu aussi froid...

» Je me souviens qu'un soir où le claquement irrépressible de mes dents m'empêchait de dormir — c'était du côté de Bou Saada —, j'eus l'idée de jucher Moustique au sommet d'un édifice composé d'une toile de tente, de ma capote et de trois couvertures. Est-ce la chatte qui réchauffa le tout ?... En tout cas, cette nuit-là, j'ai bien dormi. Et puis, comme les meilleures choses ont une fin, et les pires aussi, le temps de la quille tant souhaitée finit par montrer le bout de son nez...

» Janine m'écrivait tous les jours, et moi je lui racontais mes petites histoires, mes petites misères, et Moustique, naturellement. Janine m'avait envoyé, en retour, une sommation : "Reviens avec elle, surtout !..." — Plus facile à dire qu'à faire... Mais une promesse est une promesse, sans compter que, moi aussi, je m'y étais attaché, à cette petite. J'ai donc dégotté une caisse de munitions vide, je l'ai percée de petits trous, installé dedans un vieux pull-over douillet, et casé enfin Moustique, avec de quoi becqueter. Et nous voilà partis pour Alger !... De Constantine à Alger, la promenade n'était pas du gâteau. Il fallait traverser des régions franchement inhospitalières, notamment les gorges de Palestro où l'on apercevait, écrasés au fond des ravins, des trains qui avaient précédé le nôtre. Réjouissant...

» Moustique était du convoi et, à chaque étape, je trimbalais mon colis à bout de bras pour la plus grande joie des copains. Un matin, dans une petite gare où l'on changeait de train et dont j'ai oublié le nom, alors que je faisais prendre l'air à Moustique pour lui dégourdir les pattes, la bougresse m'arracha sa laisse des mains et disparut telle une fusée au milieu des wagons de marchandises et de voies de triage. Alors toute la compagnie se lança à sa poursuite ! À voir les bidasses cavaler comme des fous entre les rames à l'arrêt, sauter les aiguillages, éviter une locomotive haut le pied et crapahuter parmi les convois, on sentait que cette chasse au greffier les motivait bien davantage que l'assaut d'un djebel pourri ! À la fin des fins, ce fut un sergent qui mit un terme à la corrida en réussissant, sur la bestiole, un plaquage de toute beauté ! J'avais eu chaud, mais on s'était bien amusés. À Alger, on nous embarqua sur le *Kairouan.* La mer était mauvaise et je fis tout le voyage, prostré sur ma couchette, en proie à un intense mal de mer. Mais pas Moustique. Entre deux explorations, elle bâfrait comme quatre et ronronnait d'aise. Et puis nous voilà à Marseille, toujours avec mon colis à bout de bras et, de nouveau, le train... À Paris, on a pris le métro. Et c'est entre

Bastille et Saint-Paul que Moustique s'est mise à gémir comme si elle était à l'agonie, ce qui m'attira, de la part de mes voisins, des regards chargés d'une lourde réprobation. Les voyages, Moustique en avait sa claque et elle tenait à me le faire savoir. J'ai alors soulevé délicatement le couvercle de sa boîte pour qu'elle mate le paysage et je n'oublierai jamais ses yeux effarés quand elle a découvert le monde souterrain où je l'avais entraînée... À l'issue d'un dernier intermède dans un vieux car Citroën, brinquebalant et torride, l'équipée s'acheva enfin chez ma belle-mère où Janine m'attendait avec l'impatience que l'on devine.

» C'est belle-maman, finalement, qui adopta Moustique et la couvrit d'amour. Pour l'en récompenser, Moustique fabriqua, avec un matou de rencontre, un ravissant petit « beur » qui miaulait, alternativement, en arabe et en français.

» Et voilà, mon cher Philippe, la belle histoire de Moustique, mon premier chat. »

Une toute petite promenade, avant de se coucher...

Paris, le 20 mai ...

« TU le sors encore ? s'inquiète Catherine. T'as vu l'heure ?

— On ne se couche pas avant un petit moment. Il va juste se dégourdir les pattes, ce ne sera pas long. »

Dans l'œil de Catherine, je vois flotter l'ombre d'un doute...

Le gamin une fois dehors, je la rejoins devant un film de série *B* qu'on a déjà subi dix-sept fois, ou pas loin, et comme on commence à connaître les dialogues aussi bien que les comédiens, ça permet de faire simultanément quelque chose de plus intelligent. C'est tout profit.

Dix minutes plus tard, je me lève avec autorité :

« Je vais rentrer le gosse. »

J'ai laissé tomber ça avec la tranquille assurance du gars sûr de son coup, sous-entendu : « T'avais bien besoin de te mouronner !... »

Dehors, il fait doux. Le petit froid de ces derniers jours a cédé la place à une humeur du temps quasi estivale, et les noctambules se trimbalent, en tenue légère, la narine agréablement chatouillée par les odeurs de feuilles fraîches que distillent les jardins environnants.

Sans me presser, je descends ma rue, saluant au passage les voisins qui font une dernière fois pisser Mirza : « Bonsoir monsieur Bignon. V'là le printemps, on dirait ! » — « Eh oui... pas trop tôt ! » —

« Ça va comme vous voulez madame Masurel ? Bonjour Loustic ! Il n'a pas un peu maigri ? » — « Eh oui ! » — « Vous savez, à partir d'un certain âge, bêtes ou gens, on maigrit ou on grossit... » — « Vaut mieux maigrir, à ce qu'il paraît » — « C'est ce que dit le vétérinaire. »

Ça ne refait pas le monde, ces petites converses, mais ça met de l'amitié dans les relations de voisinage.

Quand je vais récupérer Moune, je ne l'appelle jamais : avec le goût de la contradiction qui l'habite, cela suffirait pour qu'il fasse la sourde oreille et cavale dans la direction opposée. Je me promène donc, simplement, comme si son sort m'importait peu et, d'habitude, je l'ai très vite dans les jambes : « *Coucou ! c'est moi ! Ça t'en bouche un coin ?...* »

Cette fois-ci, rien de tel et j'ai deviné pourquoi : avec le redoux, toute la gent féline fait le pavé et le greffier doit abonder dans le secteur...

Je ne me trompais pas. De dessous une voiture en stationnement, voilà Surfing, la blanche et noire, qui me déboule dans les pieds, suivie d'un matou gris de poil que je n'avais jamais repéré auparavant. Surfing exécute un rapide volte-face et crache au nez du nouveau venu. (Tous pareils ! Dès qu'un inconnu met les pattes sur le territoire, c'est la grande rebiffe : « *T'as une carte de séjour ? Non ? Alors, du vent !* »)

Et puis, derrière le tout gris, voici Monsieur Moune qui émerge à son tour, sans se hâter, et va s'asseoir à deux pas des belligérants. Car, dans ces cas-là, son statut de « caïd de Villehardouin » lui interdit de faire la police lui-même (ce serait déchoir) et il laisse à ses vassaux le soin de régler la circulation. Pour autant, ça n'empêche pas de veiller à ce qu'ils fassent correctement leur turbin, n'est-ce pas ?

« Moune, on rentre ? »

Il ne répond pas. (Il a mieux à faire.)

Bon, on va essayer un truc... Je change de trottoir et je reviens lentement vers la maison. Cette pantomime sournoise signifie, dans notre langage à nous :

« Moi je vais me coucher. Si tu veux te peler les miches toute la nuit, c'est ton affaire. Tu sonneras à la porte demain matin, ou tu te feras ouvrir par une bonne âme. Pas compliqué. »

Tout en cheminant, je jette de temps à autre, derrière moi, un coup de châsses.

Ça a marché ! Il a traversé, lui aussi, et il me suit, mais à une distance compatible avec sa dignité.

Et Mélanie maintenant, la petite tigrée borgne de nos amis d'à côté !... Celle-là, d'habitude, on ne peut pas l'approcher. Dès qu'on tend la main pour la gratter entre les oreilles, elle pousse des piaillements pétardiers à vous glacer le sang dans les veines ! Pourtant, elle n'est pas méchante pour un sou, c'est une râleuse, simplement. Mais ce soir elle me colle aux chausses, et de si près qu'elle manque de me faire chuter. Bon, je me baisse et la caresse.

Je n'aurais pas dû faire ça... Du coin de l'œil, j'ai vu que Moune s'est arrêté. Son œil devient charbonneux... :

« *Non mais, qu'est-ce que je vois? Des mamours à cette pétroleuse?... Enfer et damnation!* »

Pour décramponner l'enquiquineuse, je reviens sur mes pas, mais Moune, lui, au lieu de m'attendre, file se cloquer sous une bagnole (c'est ma punition). Quant à Mademoiselle Mélanie, elle ne me lâche pas d'une semelle, tout en miaulant à fendre l'âme. J'ai compris, elle a la dent... Elle est parfois monté chez nous, vous vous souvenez, pour casser une petite graine vite fait et redescendre au galop avant que Monseigneur ne se formalise. Elle est nourrie chez elle, notez bien, mais c'est une morfale...

Me voici au bout de la rue, la loupiote dans mon sillage. Moune a disparu de mon horizon...

Demi-tour, ça le fera peut-être revenir. En approchant de notre immeuble, je me souviens que j'ai laissé le portail ouvert, fixé au crochet. Fatalitas ! Mélanie, qui est une rapide, l'a aussi remarqué, et la voilà qui me dépasse et fonce dans le hall d'entrée. Et, superfatalitas, Moune, réapparu inoportunément, l'a vue s'y engouffrer !

Je m'arrête, et on se regarde.

Son œil, cette fois, exprime l'horreur :

« *Ne me dis pas que t'as laissé la porte ouverte pour qu'elle puisse s'enquiller chez moi ?... J'aurai tout vu, dans ma chatte de vie !... Tout !... Bon, dans ces conditions, je me tire. Je ne bouffe pas les restes. Tchao !* »

Et il déguerpit.

Là, je commence à me faire des cheveux. Les aiguilles tournent et mes belles promesses de récupération sans problème s'envolent en fumée dans un horizon assombri. Qu'est-ce que je vais faire ?...

Je décide de laisser Mélanie mener sa vie dans l'escalier et je repars en direction de la rue Saint-Gilles.

Sur un rebord de fenêtre de l'école, Gaston est installé et observe les événements.

Je ne vous ai jamais parlé de Gaston ? C'est le moment.

Gaston est un chat aussi noir que Moune et à qui appartiennent les braves gens qui gèrent le café-restaurant, à l'angle de ma rue. Des amis, maintenant. Gaston, la plupart du temps, demeure perché sur le balcon de ses parents, au rez-de-chaussée, et il regarde devant lui la vie couler, gens de tout acabit et bestiaux de tout poil, bien à l'abri derrière le garde-fou en fer forgé. Tout ceci ne ferait pas, de Gaston, un personnage exceptionnel si je ne précisais pas que Moune et Gaston s'adorent, et le mot est faible. Qu'est-ce qui a fait qu'ils se soient entichés l'un de l'autre ? Allez savoir... Le fait est que, parmi tous les greffiers qui hantent le quartier, Gaston bénéficie d'un statut privilégié. Il a tous les droits, il peut tout faire, il a toujours raison. Nous avons souvent repéré Moune, assis devant la fenêtre de son petit pote, attendant qu'il veuille bien se montrer... Il peut rester là des heures, sans bouger (il ne lui manque qu'une guitare). Longtemps, nous avons pensé qu'il guettait un entrebâillement de la porte de cet immeuble car c'est là que réside Mme Sabaté qui s'occupa si bien de lui, il y a une quinzaine d'années et qui, l'âge venant, ne sort plus guère de chez elle. Une petite visite d'amitié, c'était bien dans le style de Moune qui n'oublie jamais les bontés qu'on a eues pour lui. Nous nous étions fourvoyés : c'est Gaston qu'il guignait — Gaston qui, dès qu'il l'aperçoit, saute sur le trottoir et va lui faire un « gratti-nez » énamouré.

Mais Gaston n'aime que Moune. Ni les autres chats ni les autres bipèdes. Je n'ai jamais pu le caresser, par exemple, bien qu'il me connaisse et, cette fois-ci encore, ça ne loupe pas : à peine ai-je tendu le bras, agrippé au grillage de l'école que, d'un bond aérien, il a bondi jusqu'en bas et s'est applati sous une Mercedes...

Avec Gaston dans le parcours, pas la peine de se

raconter d'histoires : je ne suis pas près de récupérer le gros...

Je les ai vus partir vers la cour-jardin de l'immeuble voisin et ils doivent se prélasser sur la pelouse qu'encadrent, en sous-sol, d'agréables studios. Je les suis, un vague espoir tenacement chevillé au corps... Ils y sont, en effet, mais pas seuls... Le Rouquin est là aussi — ce balaise qui en trimbale, sous la queue, une paire à faire rêver les gamines et qui, du matin au soir, roule des mécaniques dans le quartier.

Le Rouquin, c'est un cas. Quand il s'est pointé par ici, venu on ne sait d'où, il a d'abord fait le tour de la faune ambiante et l'a jugée insignifiante et mitouillarde. « *C'est vu. Je me bombarde caïd officiel de cette rue de minus.* » Et puis, Moune est sorti faire un tour, comme tous les jours, l'a découvert, jaugé, passé à la toise et, dans l'instant, il a deviné les intentions et prétentions du chableur. Le Rouquin, on ne pouvait pas lui faire le coup de l'intimidation. Moune est un très grand chat, certes, mais le Rouquin, il faut l'admettre, boxe dans la catégorie supérieure. Une seule solution s'imposait à une âme bien née : régler l'affaire à la loyale. Et Moune se rua sur l'ennemi...

La bagarre qui s'ensuivit est entrée d'emblée dans la geste de la rue Villehardouin. On doit se la conter aux veillées, pendant les longues soirées d'hiver, et les témoins ne manquent sûrement pas de l'enjoliver avec des trémolos dans la voix. Nous n'étions pas là, malheureusement — ou heureusement ! — et tout ce que nous en avons su nous fut révélé par les pointes de griffes fichées dans le crâne du gros et des égratignures plein le corps. Comme Catherine s'apitoyait et, rétrospectivement, se desséchait d'angoisse, Moune lui avait assuré que « *le copain non plus n'était pas beau à voir* », ce qui ne constituait, tout compte fait, qu'une maigre consolation.

En tout cas, depuis ce jour mémorable, règne, entre les deux mastards, une paix vigilante et armée. On s'observe, on se croise, on se côtoie parfois, mais ni suif ni castagne. Pour tout dire, on se respecte. Il m'est même arrivé de les surprendre se faisant un « gratti-nez » — du moins il m'a semblé. (Je n'avance l'événement qu'avec prudence car lorsque je l'ai rapporté à Catherine, elle m'a assuré que j'avais dû forcer sur le whisky vu qu'on ne pouvait attendre du Rouquin — cette sale bête — qu'un rébecca saignant.)

Pour l'heure, nonobstant, le Rouquin est hors de mon champ de vision mais Sidonie, par contre, est en plein dedans !

Sidonie !... Encore un matricule, celle-là ! Elle était à tout le monde et à personne jusqu'à ce que Francis Rousseau vienne s'installer dans l'un des studios de la cour-jardin. Il lui a tapé dans l'œil, faut croire, car elle a, du jour au lendemain, élu domicile chez lui.

Sidonie, comme son nom l'indique, est une chatte et, comme son nom ne l'indique pas, elle est noire sans un poil blanc. Comme Moune, et comme Gaston. (Catherine, qui aime les contes de fée, me dit parfois, avec un peu d'émotion dans la gorge, que tous ces noirauds qui se baladent dans le coin, ce sont peut-être les enfants de Moune, du temps que ses moyens lui permettaient encore d'en mettre en chantier... On peut rêver.) Pour en revenir à la Sidonie, si elle a (peut-être) Moune comme père, il faut croire que sa mère était une mégère comme on en voit peu car, question caractère, Sidonie est pire encore que Mélanie, et ce n'est pas peu dire. Elle aussi, la Sidonie, est venue souvent chez nous en visite (j'ai raconté, je crois), pour grailler un chouia et roupiller un brin. Mais depuis qu'un jour où elle semblait vouloir s'incruster, Moune lui a claqué le baigneur d'un coup de patte de propriétaire, elle ne se hasarde plus.

Ça n'empêche pas Monseigneur, qui est partout chez lui, d'aller chez elle où Francis l'accueille avec aménité. Toutefois, la vérité m'oblige à dire que ce n'est pas la compagnie de la teigneuse que cherche le gros mais bien plutôt les croquettes que Francis dispense à sa protégée. Ça, on n'aime pas trop. Les croquettes, ce n'est pas du tout recommandé pour les chats qui ont les reins fragiles, pourtant Francis, qui le sait, a beau les dissimuler, Moune les dégotte toujours quand il vient fourrer son petit nez chez lui.

Mais il est maintenant près de minuit et demie, les volets de chez Francis sont fermés et les deux chats sont assis côte à côte sur la marche du seuil.

Je descends pour essayer de rafler le mien et,

m'apercevant, il vient à ma rencontre. Et puis, tout à coup, il se souvient : le portail ouvert, mes caresses aux copains, Mélanie dans l'escalier... Alors que je me penchais pour le prendre, il me file entre les mains et remonte en courant l'escalier qui mène à la rue. Bon, la courette est loin d'être terminée, à ce que je vois...

Cependant que j'émerge à sa suite, un peu essoufflé, j'ignore encore que Catherine, inquiète de ne pas nous voir arriver, s'est mise à la fenêtre du salon ; m'a vu revenir avec Moune ; a repéré ensuite Mélanie qui faisait des huit dans mes jambes, puis est descendue pour nous ramasser tous les deux (ou tous les trois). Une fois dans la rue, plus âme qui vive... (et pour cause : je draguais mon greffier beaucoup plus loin). Elle est donc partie me chercher, mais dans la mauvaise direction. En robe de chambre et en savates. Et cette pénible circonstance ne sera pas étrangère à l'accueil qu'elle me réservera tout à l'heure.

Moi, pendant ce temps-là, je suis fort occupé à crapahuter au cul de Monseigneur, lequel n'a qu'une idée en tête : me faire payer très cher mes infidélités.

L'un coursant l'autre, nous atteignons la rue Saint-Gilles que Moune enquille sans hésitation. Et ça non plus, on n'aime pas. Pas du tout. Car est elle meurtrière, cette rue Saint-Gilles qui, au contraire de la nôtre, draîne, entre le boulevard Beaumarchais et la rue de Turenne, un torrent de voitures et de camions, même la nuit... À un moment donné, il s'est arrêté pour boire dans le caniveau (cette course poursuite lui avait filé la pépie) et, sournoisement, je me suis approché pour l'alpaguer. Mais il m'a senti venir. D'un saut de côté il s'est mis hors de ma portée et a filé sur le boulevard Beaumarchais.

Le poursuivre ? C'est plus dangereux que tout. Par jeu ou rancune, ça peut nous conduire jusqu'à la Bastille, cette corrida.

« Et puis, merde ! Fais ce que tu veux ! »

Résigné à tout (ou presque) je suis rentré.

Catherine, naturellement, m'a incendié. Qu'avais-je besoin de sortir le gros à un quart d'heure du couvre-feu ? Et ne savais-je point qu'elle s'angoissait facilement ? Et pouvait-on savoir ce qu'étaient à présent mes intentions ? Ou devait-on comprendre que j'envisageais de laisser c't'amour dehors, toute la nuit, en proie à tous les dangers ?...

Je jurai, la main sur le cœur, que dans cinq minutes pas plus, le temps de reprendre mon souffle, je repartirais à la pêche au gros (amusant ça, non ?) ; et, comme promis, trente secondes plus tard, on me retrouvait sur le sentier de la guerre.

J'avais ma petite idée... Monsieur Moune n'aime pas plus que moi la rue Saint-Gilles. Il était donc probable qu'il ait emprunté l'entrée Saint-Gilles de l'immeuble voisin pour revenir s'y mettre à l'abri. J'y allai donc tout droit, et bien m'en a pris : assis côte à côte sur la balustrade qui ceinture la cour, Moune et Gaston observaient, de là-haut, le Rouquin avachi à leurs pieds. Tranquilles, fraternels et narquois...

Cette fois, j'ai pu sans problème me saisir de mon chat et, jusqu'à l'appartement, il n'a fait aucun effort pour s'échapper.

Il était une heure du matin. Et j'avais sommeil, sommeil...

Les autres chats de Jean Devé

Gordes, le 5 juin...

« J'AI un paquet pour vous », dit le facteur en posant sa Mobylette contre l'escalier de la terrasse, où je me prélassais, et en s'épongeant le front avec un vaste mouchoir à carreaux comme on n'en voit plus que dans les campagnes — « ... Il ne rentrait pas dans la boîte... Crédié ! Va faire chaud !

— Une petite bière bien fraîche ?

— Ah, c'est point de refus ! »

J'allai chercher deux canettes et deux verres et l'on trinqua à deux santés qui nous étaient chères.

« Pas à dire, ça fait du bien par où ça passe ! Eh bien, merci monsieur Ragueneau. Et bonne journée ! »

Il ajouta, parce qu'il avait de l'amitié pour moi :

« Vous fatiguez pas trop... »

Le facteur parti, j'ouvris mon paquet. Il contenait une cassette et une lettre de Jean Devé qui me disait ceci :

« Mon cher Philippe. Comme l'histoire de Moustique a eu, semble-t-il, l'heur de vous plaire, j'ai pensé que celle de Moustique II vous amuserait aussi et, tant qu'à faire, celles des matous qui ont suivi. Je les ai donc enregistrées sur la cassette ci-jointe. Amitiés à tous trois. Jean. »

L'attention était délicate et, pour un auteur toujours habité par la crainte de se répéter, opportune à souhait.

Toutefois, avant de me mettre à l'écoute de cette chronique sûrement croustillante, j'avais à finir de bêcher un coin de mon jardin sans attendre ces heures caniculaires où le cagnard, haut dans le ciel, vous fait bouillir la cafetière. Je m'en fus donc quérir les outils du travailleur et ce n'est qu'après le déjeuner que je pus appuyer sur la touche « play » de mon portatif. Je transcris ci-après le récit postal de mon ami Devé :

« Après Moustique I, il y eut Moustique II. Et si son parcours jusqu'à notre foyer est moins original et aventureux que celui de Moustique I, le personnage mérite quand même un coup de chapeau car, de tous mes chats, il est celui dont les turpitudes ont atteint les plus hauts sommets.

» Nous étions enfin mariés, Janine et moi, et nous habitions Sannois, un bon petit patelin sans problème. Nous avons toujours aimé les bêtes, et cela devait se savoir car un voisin, un beau matin, nous fit don d'un chaton, d'un très joli gris souris, et qui était tombé chez lui — ainsi que quelques autres — par les voies les plus naturelles.

» À l'époque, les enfants figuraient encore au programme à l'état de projets et, du même coup, Moustique II occupa les places vacantes car la nature, c'est bien connu, a horreur du vide. Moustique II partagea donc nos repas, nos promenades, nos menus, nos sièges et même notre lit où il aimait à se pelotonner entre nous deux en produisant un bruit de moteur diesel qui nous gênait, parfois, pour nous endormir.

» Et les mois passèrent... Moustique II devint un énorme matou, fort comme un turc, observateur, déluré et aussi, malheureusement, dangereusement imaginatif. L'ère des conneries allait commencer... Il inaugura la série en apprenant à ouvrir les portes. Il sautait sur la béquille des poignées et y laissait retomber ses deux pattes avant avec un succès, dans la technique, qui frisait le 100 %. Comme le jeu l'amusait fort, il délourdait les portes pour le plaisir, sans raison aucune, et les laissait naturellement grandes ouvertes. Il en résultait, dans la maison, des courants d'air perpétuels qui faisaient voler les papiers, sur mon bureau, agitaient les rideaux comme des drapeaux de 14 Juillet et balayaient les bibelots sur les meubles du salon. Entre deux éternuements nous passions le plus clair de notre temps à courir d'une porte à l'autre pour endiguer la bourrasque.

» Et puis, à la longue, le divertissement perdit de sa saveur et il chercha d'autres bêtises à faire. Il trouva très vite, rassurez-vous... Janine aime les chiens et les chats, mais aussi les oiseaux. Elle avait donc, dans une vaste volière, des perruches de toute beauté — des vertes, des rouges, des jaunes, des blanches. Moustique II venait souvent les taquiner en glissant le bout d'une patte entre les barreaux, ce qui n'avait pas l'air d'affoler plus que ça les bestioles. Un jour de marché, nous eûmes l'imprudence de laisser Moustique II sur la terrasse où les perruches prenaient le soleil et, à notre retour, nous vîmes, du premier coup d'œil, que la cage était vide. Moustique II, on ne sait comment, avait réussi à en ouvrir la porte et les oiseaux avaient pris le large. On en récupéra deux qui s'étaient perchés sur un arbre. Les autres ont dû retourner dans la forêt amazonienne ou, plus probablement, se faire tirer par un chasseur rentrant bredouille.

» La seule question que nous nous posions, à présent, était : quelle autre sottise va-t-il nous inventer ?

Nous ne fûmes pas longs à le savoir... Janine élevait des oiseaux et moi des poissons. J'avais récupéré, dans un étang tout proche, des petites tanches dont un pêcheur chanceux avait fait des orphelines et je les avais logées dans un bocal où, ma foi, elles semblaient se plaire. Ce soir-là, en quittant mon atelier, je me souvins qu'elles n'avaient pas becqueté depuis la veille et j'allais donc droit vers le coin qui leur était réservé... Moustique II m'avait précédé, mais lui, il était entré carrément dans le bocal !... La tête, les pattes, la queue, tout était dans la flotte !... Sauf les tanches, toutefois, car l'infernal finissait de bouffer la dernière... Ce petit drame sonna le glas de mes tentatives de pisciculture.

» Il était dit, cependant, que Moustique II n'attendait qu'une occasion pour nous donner l'exacte mesure de son ignominie... L'occasion, ce fut une belle blanquette que Janine avait mitonnée avec amour, car j'adore la blanquette, du moins quand elle est préparée dans les règles de l'art et mijotée dans une cocotte en fonte, sommée d'un couvercle en fonte. À l'instant de passer à table, et cependant que Janine achevait de mettre le couvert, j'allai dans la cuisine pour y chercher mon régal. Sur le seuil, je m'immobilisai et, d'une voix blanche, je bredouillai :

— Janine... Viens voir...

» La cocotte avait perdu son couvercle mais Moustique II gisait vautré dessus... D'évidence, il y avait eu, dans la cuisine, un problème de vases communicants. Entendez par là qu'il n'y avait plus de blanquette dans la cocotte mais que le chat, en revanche, était rempli de blanquette à ras bord... Ce n'était plus un chat, d'ailleurs, mais une sorte de grosse saucisse, avec une toute petite tête et une toute petite queue... Il mit deux jours avant de pouvoir ouvrir un œil. Et puis, au fil des heures, il reprit sa forme originelle.

» Mais vous narrer tous les méfaits de Moustique II occuperait la cassette entière... Je vais donc vous parler de Félicette.

» Félicette était une petite chatte blanche et noire que nous avions trouvée sur le bord d'une route à l'occasion d'un voyage en Normandie. Nous l'avions évidemment adoptée et baptisée Félix. Mais nous n'en étions qu'à notre troisième chat et pas encore très experts dans l'art de déterminer le sexe d'un chat. Il s'avéra bientôt que celui-ci se conjuguait au féminin, et Félix devint Félicette. (Vous devez savoir que nous manquons d'imagination.)

» Félicette aimait ses parents, elle aimait notre setter irlandais qui l'avait accueillie avec amitié, mais elle ne boudait pas pour autant la compagnie des matous visiblement bien équipés qui rôdaillaient dans le voisinage. Ce qui devait arriver arriva : elle attendit bientôt un heureux événement... Une nuit, nous fûmes tirés de notre sommeil par un concert de gémissements qui provenaient de la cuisine. C'était Félicette que les premières douleurs travaillaient, et le chien qui appelait à l'aide... Hélas, l'enfant se présentait mal et l'on dut quérir aide et assistance auprès de notre vétérinaire. Il connaissait son métier et la césarienne, très réussie, mit à jour deux ravissants chatons que l'on ramena, avec maman, à la maison. Les choses se compliquèrent à l'heure de la tétée : Félicette, fraîchement recousue, ne supportait pas les griffes des lardons qui lui malaxaient le ventre pour gloutonner tout leur comptant. Il fallut donc arrêter l'épreuve et c'est ainsi que Janine fit, biberons en main, son apprentissage de future maman...

» J'en arrive maintenant à l'histoire d'une dynastie, la dynastie des Kiki. Je dois préciser que les Kiki sont toujours des chats roux dont il nous a semblé qu'ils avaient en commun un goût prononcé pour le pugilat, les farces de mauvais goût et le chapardage. Kiki I et Kiki II, qui nous ont permis d'homologuer les caractéristiques de la dynastie en question, n'ont laissé que des souvenirs tendres mais, en gros, leur existence ne comporte guère d'événements dignes d'entrer dans l'Histoire. Kiki III, lui, ajoutait aux malices déjà citées une particularité usante : quand il était dehors, il voulait rentrer ; quand il était dedans, il voulait sortir ; quand il était dans une pièce, c'est celle d'à côté qu'il convoitait. Bref, avec lui, on n'en finissait pas de se lever et de s'asseoir. Et si ça n'allait pas assez vite, il trouvait toujours moyen de vous mobiliser dans la seconde, par exemple en s'aiguisant les griffes sur votre meuble préféré ou en jouant du tambour sur les portes. Il faisait très bon ménage avec Saran, l'épagneul breton, à telle enseigne qu'ils couchaient dans le même panier...

» Et puis est arrivé Kiki IV, né natif normand, comme les autres — une adorable petite chose, aussi goinfre que menue. Avec Kiki IV il valait mieux boucler soigneusement la cuisine car il nettoyait tous les plats garnis qu'on y laissait traîner. Son appétit impressionnait tout le monde — même la pellicule... Je vous raconte ça... Nous célébrions en famille, et avec quelques intimes, le baptême de ma fille Dominique et, vers le milieu du repas, j'allai chercher ma caméra 8 mm pour immortaliser cet événement considérable. Je filmai la table joliment fleurie, les convives un peu éméchés, l'arrivée, dans les bravos, d'un fastueux baron d'agneau, et même Kiki IV qui attendait, dans son coin, les retombées du festin. Sur cette caméra il fallait, en fin de bobine, retourner le film pour faire un second passage. Que se passa-t-il ? Toujours est-il que, la semaine suivante, en projection, mon public découvrit, avec un amusement désobligeant, que j'avais surimpressionné les images : filmé par Janine, je me retrouvais parmi les personnages d'une tapisserie accrochée au mur ; mes invités étaient juchés, en désordre, sur les genoux les uns des autres et, au beau milieu du baron d'agneau qu'apportait cérémonieusement un serveur, qui trouvait-on ? Kiki IV le morfale ! Ce fut un bel éclat de rire...

» Kiki V connut des débuts difficiles. Nous avions été le chercher dans une ferme du pays de Caux et les braves gens qui nous le donnaient nous avaient recommandé de le faire vacciner contre le typhus sans attendre. Bien. Direction le vétérinaire, examens, piqûre, le grand cirque... Mais, de retour à la maison, on s'aperçut qu'il était à demi paralysé. Pourquoi ? Comment ? On ne l'a jamais su. Le vétérinaire l'a aussitôt repris en main et, tout aussi mystérieusement, il a recouvré l'usage de tous ses membres. Miracle !

» L'histoire de Kiki VI se mêle intimement à celle des autres chats venus grossir la ménagerie. Le suivant nous fut amené par Amaury, mon fils. Il l'avait trouvé errant sur un terrain de camping évacué par les vacanciers, et — bon sang ne saurait mentir — il l'avait aussitôt récupéré et installé sur le devant de son vélo, dans un filet à provisions d'où sortaient, désormais, à travers les mailles, quatre pattes et une queue. Comme le chat s'agitait beaucoup là-dedans, Amaury manquait à tout moment de se casser la figure. Il finit cependant par arriver à bon port. On réceptionna donc Fristy (les baptêmes, chez nous, ça ne traîne pas) mais Amaury nous annonça qu'il en avait repéré un autre dans ce camping déserté, abandonné comme Fristy par des gens inconséquents et méprisables pour qui un chat n'est qu'un jouet d'été ou d'hiver qu'on jette lorsqu'il n'amuse plus ou encombre.

» Je sortis aussitôt la voiture et, avec Amaury, on s'en fut ramasser l'innocent. Roux et blanc, Fristy II était le frère jumeau de Fristy I, à ceci près que l'un avait les yeux verts, et l'autre les yeux jaunes. Mais alors que j'installais Fristy II dans un panier provisoirement vacant, Amaury me murmura à l'oreille :

— Tu sais, papa, il m'a semblé en voir un troisième...

— T'es sûr ?

— Je crois...

— Allons voir !

» Re-voiture, re-trajet jusqu'au camping, re-corrida entre les poubelles et les postes d'eau, et... Fristy III — une chatte, celle-là —, visiblement la petite sœur ou la copine. Bon, on l'a embarquée. (Vous auriez fait pareil.)

» Toutes ces arrivées de chats perdus, recueillis ou donnés, je vous les raconte dans le désordre, et sans trop m'occuper de la chronologie. Les Fristy I, II et III, par exemple, nous sont tombés dessus entre Kiki III et Kiki IV. Et Monsieur de Mouchette, entre Kiki IV et Kiki V, un jour de Noël...

» Monsieur de Mouchette !... Un personnage hors du commun, celui-là !... Il avait neigé, dans la nuit, et une couche immaculée recouvrait les massifs et les allées du jardin. Tout était immobile et silencieux. Ni chants d'oiseaux, ni passants, ni mouvements sur les routes ou dans les champs... Seulement cette neige toute blanche, et dessus... un chat tout noir qui, précautionneusement, posait ses pattes sur ce tapis froid et doux. Ah ! il ne passait pas inaperçu !... Il m'a vu sur le seuil et, sans se presser, il est venu vers moi. Je l'ai invité à entrer pour qu'il se réchauffe un peu. Il a bu, il a mangé — posément, avec élégance. Et puis il est reparti en disant merci.

» Quelques jours plus tard on l'a vu revenir.

Réflexion faite, la bouffe était convenable, la maison se révélait accueillante, les gens qui la hantaient semblaient gentils... Il est resté.

» Entre Kiki II et Kiki III, il y eut Moïse, un autre miraculé... Cette nuit-là, je reconduisais un bon client. Nous avions travaillé et discuté jusqu'à une heure très avancée et il devait être deux plombes ou pas loin. Route déserte, ligne droite... Soudain, dans le pinceau des phares, j'aperçois une forme indistincte couchée sur le bitume... Je freine, je coupe le moteur et je descends voir... C'était un chat écrasé, un petit chat squelettique, tout noir, celui-là aussi, du sang plein le corps...

» Je le prends doucement pour le déposer sur le bas-côté afin que d'autres voitures ne lui passent pas dessus et, à ce moment, un petit cri pitoyable sort de cette masse informe, déchirée et sanguinolente... Naturellement, je cours vers la voiture, l'éclopé dans mes bras, je le pose sur la banquette arrière et je fais demi-tour. Le chat d'abord, le copain après. Arrivé à la maison, je l'installe sur un vieux pull-over, près du feu, et je pose à côté de lui un bol plein de lait. Janine dormait à poings fermés. Je ne la réveille pas car je la savais fatiguée et je reprends la route de Dieppe. Au retour, j'avais le cœur qui battait un peu... J'étais quasiment sûr que le petit blessé n'avait pu survivre au choc qui l'avait jeté sur la route, mais, contre tout bon sens, un infime espoir m'habitait. J'entre... et je ne le vois pas... Le pull-over, tâché de sang, était à sa place, mais le bol de lait était vide. Ça m'a donné à réfléchir... J'ai fini par le dénicher dans un coin de la cuisine. Il avait réussi à faire sa toilette, avait léché tout le sang qui lui maculait les poils, il avait les yeux ouverts et, en me voyant, il s'est mis à miauler : il avait encore faim...

» Les petites joies peuvent être de grands bonheurs. Nous l'avons appelé Moïse, ça s'imposait. Un peu plus tard, nous avons découvert que c'était une chatte. Et Moïse est devenu Moïsette. (Vous ai-je déjà dit que pour ce qui est de l'imagination ?...)

» Et puis vint le jour de la grande migration... Nous avions décidé de nous installer dans le Vaucluse qui commençait à devenir à la mode, et comme notre première tentative de restaurateurs s'était soldée par un succès, l'envie nous prenait de faire mieux dans une région plus ensoleillée, et plus touristique aussi.

» Je partis en avant-coureur avec Benoît, mon aide-cuisinier, dont j'étais loin de me douter, à l'époque, qu'il deviendrait mon gendre et qu'il présiderait aux destinées gastronomiques du « Simiane ». Nous emmenions avec nous Monsieur de Mouchette et Moïsette, le reste de la troupe étant commis à la garde de Janine et des enfants qui nous suivraient à quelques jours d'intervalle.

» Notre voyage à nous fut sans histoire. Celui de Janine, par contre, se révéla moins folichon... Nous avions un ami, dénommé Popaul, qui se targuait d'être un dieseliste émérite, et Popaul nous avait dit : "Je me charge de tout ! J'ai un gros diesel de toute beauté qui gagnerait haut la main le Paris-Dakar. Je vous fais votre déménagement, j'embarque la famille et les chats, et il n'est pas dit que nous n'arrivions pas avant vous. Partez tranquille, mon petit Jean !"

» Sous d'aussi heureux auspices, Janine chargea donc joyeusement nos meubles, nos bibelots et nos valises, avec l'aide de quelques costauds, installa sa ribambelle de chats à l'arrière du camion pour les avoir à portée de main, et fouette cocher ! Mais Popaul, le super-spécialiste, semblait ignorer qu'on ne lance pas un diesel, même de toute beauté, sans révision préalable, sur mille kilomètres de routes, et ce qui devait arriver arriva : en plein Morvan — et en pleine nuit, pour tout arranger —, il cassa son moteur... Le temps de chercher (et de trouver) une borne téléphonique, de lancer un S.O.S. tous azimuts, de décider un dépanneur à s'agiter, et le soleil se levait sur Beaune lorsque les naufragés y firent une entrée peu glorieuse... Moi j'étais déjà aux Taillades, près de Cavaillon, où nous avions rendez-vous. Janine put m'y joindre. Je me souvins alors qu'un mien cousin, qui habitait Le Pontet, gérait un parc automobile. Je l'appelai à la rescousse. Brave homme, il prit sans hésiter la route avec un trois tonnes et une barre de remorquage et s'en fut chercher la smala. Il était temps. Janine, les enfants et les chats commençaient à trouver le temps un peu longuet... Quant aux couches-culottes qui garnissaient les paniers, elles étaient bonnes à essorer...

» Et puis commença l'odyssée provençale : Cavaillon, Gordes, et enfin Lacoste... D'autres paumés qui miaulaient chantant vinrent rejoindre les paumés qui miaulaient pointu. Mais tous n'ont pas une histoire. Si, Lorenzo, quand même ! Celui-là avait dû être recueilli tout petit par les élèves de l'école américaine de Lacoste. En tout cas, c'est la conclusion à laquelle nous étions arrivés car ce chat ne comprenait que l'anglais et ne mangeait que des sandwichs. Pour un restaurateur, ce n'est pas une mauvaise affaire car il ne touchait à rien. Il s'installait sur un plan de travail, dans la cuisine, et il regardait défiler sous son nez, dans la plus totale indifférence, les poissons, les volailles, les viandes ou les crustacés qui prenaient la direction de la salle. Ça ne l'intéressait en aucune manière. Lui, c'était les sandwichs. Il est resté avec nous quelques semaines et, une nuit — car il vadrouillait beaucoup — il a disparu. Je crois que nous ne savions pas faire les sandwichs.

» Notre dernière acquisition, c'est Kiki VII. Mais oui ! Il y a un Kiki VII. Grâce à Benoît, qui s'est fait avoir comme un bleu. Un soir qu'il prenait le frais sur le pas de la porte de sa cuisine et qu'il soufflait un peu, le dernier repas cuisiné et servi, deux charmantes jeunes filles vinrent à passer et l'abordèrent :

“Pourriez-vous garder ce petit chat un moment ? On voudrait aller boire un verre mais, au café d’à côté, on ne veut pas de lui”. — Benoît, bon zigue, a donc pris le chaton. Et il attend toujours le retour des deux charmantes jeunes filles...

» Et voilà, mon cher Philippe, quelques histoires des “chats suivants”...

» En trente-cinq ans, nous en avons eu beaucoup : des gros et des menus ; des blancs, des tigrés, des rouquins ; des tendres et des râleurs ; des innocents et des roublards... Certains nous ont quittés, hélas, personne n’est éternel, mais ceux qui restent sont heureux avec nous, je crois. Et pour moi, ce fut une joie de vous en parler, car vous aimez les chats autant que nous les aimons... »

La voix de Jean Devé s’éteignit.

Je levai les yeux.

Devant moi, les douces collines du Luberon semblaient, dans la brume de chaleur, des vagues figées au pied de la falaise.

« Elles sont belles, ces histoires », murmura Catherine qui, à deux pas de moi, rôtissait au soleil.

« Les histoires de chat, c’est toujours beau... »

Le concert du matin

Paris, le 3 septembre...

Ce matin, il s'est surpassé, le bougre... Un festival !...

On s'était couchés, la veille, à trois plombes du mat, un peu sur les rotules, je dois dire, mais contents quand même de cette bonne soirée passée chez Anne Deleuze, et résolument sourds aux suppliques du chérubin qui, confondant soir et matin à l'instar de ses parents, réclamait une promenade intempestive dans les rues noyées de silence.

Autant dire que, six heures plus tard, je n'avais pas encore fait mon plein de sommeil... Le petit Monsieur, si, madame... Il sauta d'un bond sur le lit, de mon côté comme d'habitude, vu que cette mégère de Catherine l'envoie sur les roses sans ménagements quand le patounage sur l'abdomen transforme le rêve en cauchemar.

C'était donc moi qui réceptionnais et, à partir de là, il me livra en bon ordre la gamme fort riche de son vocabulaire...

Le premier cri, à peine murmuré, visait à me sortir du coma sans alerter la mégère :

« *Ho !... Hé !... Réveille-toi, mon papy...* »

J'avais entendu mais je ne bronchai pas.

Le second appel fut nettement moins tendre :

« *Holà !... Tu te secoues, feignant ?...* »

J'ouvris un œil et il s'en aperçut. Le moment lui sembla donc venu de me chanter d'une voix mourante la seule complainte susceptible de me tirer du paddock et qui — mes fidèles lecteurs s'en souviennent — m'expose dans l'angoisse que le bac à sciure étant garni au-delà du raisonnable, cette grosse envie qui le prend à la gorge ne trouvera d'heureuse conclusion que dans la terre meuble du jardin Soto. Alors ça donne ceci :

« *Oh là là ! Oh là là !... Ça presse, ça presse ! Je tiens plus, moi !* »

Et on accompagne la rauque mélopée d'un sautillement d'une patte sur l'autre qui en dit long sur le degré d'urgence du gros besoin. (Il faudrait être obtus pour ne pas comprendre.)

J'ai compris, justement. Je me lève dans un brouillard opaque, j'enfile ma robe de chambre à l'envers, et je vais délourder la porte qui, entre penderie et salle de bains, débouche sur la liberté.

Il se précipite dans mon sillage, me bouscule, passe devant moi, se retourne pour me lancer le petit miaulement, bref et joyeux : « *T'es intelligent, t'as tout pigé !* » fait trois pas sur le palier, s'arrête... et revient sur ses pas : « *Réflexion faite, je boufferais bien un petit quèque chose avant d'officier... C'est vrai, quoi !... Sortir par ce froid le ventre vide, c'est des trucs à attraper du mal...* »

Il m'a eu, le petit salopard ! Il m'a possédé dans les grandes largeurs ! Il sait qu'une fois debout et à moitié réveillé, il y a peu de chances que Morphée m'ouvre tout grand ses bras câlins...

Le cri suivant, je l'identifie sans peine :

« *J'ai une de ces fringales !...* »

... et il me précède dans la cuisine, s'assied devant son bol vide et attend la première boîte de la journée.

Je tatônne dans le placard à bouffe, encore dans les vapes, fais chuter des paquets de nouilles et des sachets de potage, met la main sur un « Sheba » de hasard, reviens vers l'affamé, enlève le couvercle et verse le contenu, moitié dans le bol, moitié à côté. (Si je ne prends pas un café rapidos, je vais me retrouver couché dans le frigo.)

Je fais mon caoua mais je n'ai pas le loisir de le déguster car voici que m'arrive la chanson en *si* bémol majeur :

« *J'ai soif !... Mais qu'est-ce que j'ai soif ! C'est rien de le dire...* »

Je titube jusqu'au robinet et je remplis une coupelle d'eau fraîche.

On sirote tous les deux...

Une patte griffue m'agrippe la cheville, qu'accompagne l'appel en *fa* dièse bien connu :

« *T'as pas oublié que je voulais sortir, j'espère ?... Maintenant ça presse vraiment ! Dans une minute je ne garantis plus rien ! Avec tout ce que je viens de bâfrer, en plus...* »

Bon, le voilà dans l'escalier. Je le précède pour lui ouvrir la fenêtre du jardin Soto, mais il me dépasse et file d'une traite jusqu'au rez-de-chaussée (il m'a encore roulé, l'infernal ! S'il m'avait dit : « *Je veux aller faire un tour dans la rue* », il risquait de se faire rembarrer...).

J'entrebâille le portail et je remonte. Je sais que dans dix minutes il va conduire jusqu'à l'interphone un voisin ou une voisine de bonne composition, se faire ouvrir, grimper les deux étages et s'allonger à ma place, sur le lit, en ronronnant comme un fou. (Il a obtenu tout ce qu'il voulait, pas vrai ?)

Moi, je regarde Catherine, qui en écrase, avec un sentiment d'intense jalousie... J'ai bien envie de changer de côté, la nuit prochaine. Pourquoi ce serait toujours aux mêmes de se faire tuer, voulez-vous me le dire ?...

Victor et Minouche

Gordes, le 10 septembre...

NOUS nous prélassions dans des transats, sur la pelouse de nos amis, à l'ombre d'un pin parasol qui nous protégeait d'un soleil tenace, tout à fait résolus à laisser l'automne en coulisse avec, à portée de main, un pastis frappé de tradition et les zakouski de circonstance. (C'est souvent le cas, dans le Luberon : le soleil y fait des heures supplémentaires...)

Bernard et Lucie Ménard nous parlaient rosiers et pucerons, chênes kermès et élagage, tomates et irrigation — la conversation préférée des Parisiens émigrés dans le Vaucluse et convertis aux joies bucoliques du jardinage.

À mes pieds, Victor, le beauceron, faisait des rêves de poulaillers, et Minouche, la petite chartreuse, avachie à deux pas de lui, des rêves de mulots.

« Ils s'entendent bien, on dirait », dit Catherine.

Bernard hocha la tête :

« Mieux que bien : ils s'adorent et ne se quittent pas... Un vrai miracle, pourtant...

— Raconte.

— Victor avait six mois lorsque des voisins nous l'ont proposé. Il était le dernier d'une belle portée et, côté clébards, nos amis avaient fait le plein. Il nous fallut peu de temps pour constater que Victor était un amour de clebs, doux comme un agneau, et certainement le pire chien de garde qui se puisse imaginer à en juger par les fêtes qu'il faisait aux individus les plus douteux qui sonnaient à la grille : marchands de tapis volés, colporteurs patibulaires ou musicos dans la débine. Visiblement, il aimait toute la création — toute la création sauf les chats. Avait-il, dans sa prime jeunesse, écopé d'un coup de griffe sur la truffe ou d'un coup de dents dans le gras du bide ? C'est probable. Le fait est que s'il prenait un greffier errant dans sa ligne de mire, il le coursait férocement jusqu'à l'arbre le plus proche, puis se postait dessous, des heures durant, en attendant que l'ennemi lui tombe, de fatigue, dans la gueule. Cela nous chagrinait fort car nous aimons aussi les chats, et nous aurions bien voulu en adopter un autre après la disparition de Loustic. Aussi, lorsque notre gamin nous amena un soir une petite boule de poils où perçaient deux grands yeux verts, nous avons tremblé...

» Revenant de l'école et intrigué par des gémissements qui semblaient sortir d'une poubelle, Arnaud s'était approché, avait soulevé le couvercle et découvert ce petit machin vagissant lamentablement. Une boîte à chaussures traînait dans un coin, il y avait installé l'orphelin. Et voilà, il nous l'amenait !... — Lucie a caché le môme dans notre chambre, de crainte que

Victor ne prenne un coup de sang. Comme le chaton n'était pas sevré, nous l'avons nourri au biberon, puis gavé de ces petits pots pour bébés qu'on trouve en pharmacie et, ma foi, à ce régime, il prospéra rapidement. Tant et si bien qu'en ce début de printemps, profitant de ce que Victor était en vadrouille et moi au bureau, Lucie se hasarda à le sortir pour qu'il gambade un peu dans l'herbe et se roule au soleil. Là-dessus, le téléphone sonne et Lucie rentre pour répondre. Une vieille copine qui n'en finissait pas de blablater... Elle réussit à s'en défarguer et revient voir ce que fourgonne Minouche. Horreur ! Victor était rentré de promenade et, couché sur le ventre, il contemplait le chaton dans une totale immobilité... Très doucement, il fit rouler le petit dans l'herbe, avec sa grosse patte meurtrière — un jeu que Minouche parut apprécier... Lucie, glacée d'effroi, n'osait bouger de peur de déclencher un drame... Et puis, bientôt, elle dut se rendre à l'évidence : Victor était amoureux de Minouche... De ce jour, Victor s'institua gardien, père nourricier, protecteur et garde du corps de la chatte. C'était sa gosse, et gare à ceux qui se seraient avisés de l'embêter ! Il la suivait partout tandis qu'elle trébuchait maladroitement dans les hautes herbes ou la pierraille, et si, à son goût, elle allait trop loin, il la prenait dans sa gueule avec une délicatesse infinie et la rapatriait sur des terrains de jeux plus appropriés. Mais il trouva mieux. Comprenant qu'au fil des semaines les déambulations de Minouche se faisaient plus assurées et qu'elle devenait de taille à pousser plus avant ses aventureuses explorations, il fit d'instinct, afin de lui épargner les fatigues du retour, ce que font les chameaux pour se mettre à la hauteur de leur charge : il baraquait, littéralement, accroupi au ras du sol sous le nez de sa protégée. Et le plus étonnant est que Minouche comprit très vite la technique et l'invitation. Dès lors, et sitôt que Victor mettait son robuste dos à portée de ses petites pattes, elle prit l'habitude d'escalader sa monture pour regagner la maison au pas lent et précautionneux de son noir destrier.

— Elle est étonnante, cette histoire ! s'exclama Catherine.

— À ma connaissance, elle est même unique. Philippe, ton verre est vide. Je t'en remets une larmichette ? »

La bouteille de Contrex

Paris, le 20 septembre ...

« Tu ne racontes pas la Contrex ? demande Catherine.

— Non. "L'histoire d'O", signée Moune, ses lecteurs, qui sont aussi les miens (comme par hasard) en ont ras la frange. Dans le tome d'avant, déjà, souviens-toi, ça m'a fait tout un chapitre. On ne va pas remettre ça.

— Oui, mais la Contrex, c'est spécial.

— Qu'est-ce qui n'est pas spécial, avec ce citoyen, veux-tu me dire ?

— Quand même, tu devrais... »

Bon. Du moment que Catherine décrète que « je devrais », je n'ai plus qu'à m'exécuter, je suppose. Après tout, ceux à qui la vue d'un verre de flotte flanque le cafard — c'est mon cas — n'ont qu'à aller m'attendre au chapitre suivant. Je n'en ai pas pour longtemps.

Tout a commencé, comme disent les journalistes, le 25 janvier de l'an de grâce 1989, ceci étant précisé afin que les saints Thomas aient loisir de s'assurer, auprès de témoins impartiaux, que je n'affabule en aucune manière.

Ce soir-là, Michel May, Jean-Pierre Hutin et leurs épouses — de vieux amis depuis des lustres — avaient répondu à notre invitation.

Aucun article du règlement intérieur de la Cour des comptes n'interdisant à un conseiller maître d'être l'esclave d'un chat, sous réserve qu'il ne lâche pas dans l'enivrant océan de papier de cette noble institution, Michel May figure en bonne place sur la liste des victimes. Quant à Jean-Pierre Hutin, nul n'ignore qu'il préfère les bêtes aux gens, ses amis exceptés, et nous subodorions déjà que Monseigneur exploiterait honteusement la situation.

« *Avec ceux-là, pas la peine de se gêner...* » Ce que nous ignorions encore, c'est qu'en la circonstance il reculerait encore les bornes de l'indécence...

La phase apéritive de la soirée n'appelle pas de commentaires. Comme il en a l'habitude, le petit Monsieur fit le tour des commensaux dont il accepta les hommages avec une aimable condescendance. Puis on passa à table et vous connaissez déjà le scénario...

Catherine avait mitonné, en entrée, une tourte au saumon. Inutile de préciser, je pense, que le petit Monsieur l'avait flairée bien avant tout le monde.

Aussi, lorsque la maîtresse de maison fit son entrée, saluée par des « oh » et des « ah » d'admiration, il était, lui, déjà installé — sur ma chaise, bien entendu — et son regard resta rivé sur la tourte tandis que je la découpais en parts équitables.

Je me servis le dernier, comme il se doit, et c'est aussi le dernier que je fus à même de l'apprécier car le petit Monsieur avait attaqué ma portion à pleines dents avant même que j'ai eu le temps de me rasseoir. Une fesse sur mon siège et l'autre dans le vide j'avais bien du mal à défendre ma ration légitime, ou ce qu'il en restait, contre l'assaut impétueux du squatter.

« Il va se rendre malade ! soupira Catherine.

— Qu'il est mignon, susurra une voie indulgente.

— Tu m'en laisses un morceau, oui ? » grogna papa.

Le menton au ras de la table et le museau dans mon assiette, le mignon s'empiffrait froidement, sans l'ombre d'un complexe.

Le saumon, ça donne soif. Catherine, justement, venait de remplir le verre à eau de ma voisine. D'un bond, le petit Monsieur sauta sur la nappe, et mes lecteurs savent déjà qu'il s'y considère comme chez lui. Mais Catherine, pour une fois, ne joua pas les scandalisées : nous étions entre « amis-chats » qui avaient de l'indulgence à revendre.

Ainsi, nanti de toutes les bénédictions de la

confrérie, Moune s'approcha du verre de Simone Hutin, renifla délicatement le contenu, l'approuva et se mit à laper avec autant de discrétion qu'un plouc avalant sa soupe.

Or cette eau si gouleyante — et c'est ici que s'inscrit la nouveauté — était de la Contrexéville, et Moune faisait une découverte...

Il assécha presque le verre sous l'œil courroucé de maman, l'œil attendri de Jean-Paul, l'œil confus de papa — autant de messages muets que le petit Monsieur se cloquait où vous pensez.

Nos invités partis et cette sombre page tournée, nous pensions que l'affront irait, sans suites, en rejoindre d'autres dans la collection des bonnes histoires. C'était mal connaître le petit Monsieur...

Le lendemain, à l'heure du *breakfast*, il bondit sur le comptoir, comme tous les matins, et Catherine, comme tous les matins, lui ouvrit une boîte toute fraîche. Puis elle remplit une coupelle au robinet et la plaça sous les moustaches de l'affamé. Il cessa de claper, contempla l'eau municipale d'un regard vaporeux, releva la tête et fixa l'égouttoir où reposaient quelques verres.

J'avançai une hypothèse :

« Je crois qu'il voudrait boire dans un verre à pied. Comme hier soir... »

Un peu incrédule mais bonne fille, Catherine lui sortit un verre à pied et le lui remplit, toujours au robinet. Moune vint humer le produit et dit :

« *Pouah !* »

Il demeurait assis devant, la tête haute et l'air buté.

« Bon, dit Catherine, il n'a pas soif », et elle s'en fut, de son côté, pêcher sa bouteille de Contrexéville pour s'en taper, au goulot, quelques bonnes gorgées (c'est ainsi qu'elle aime biberonner).

Alors on vit le petit Monsieur se ruer sur la bouteille, frotter sa tête contre l'étiquette et, d'une voix impérieuse, nous donner à entendre qu'il voulait de cette eau-là, et pas d'une autre.

Catherine obtempéra, et Moune lapa sa Contrex, dans son verre à pied, avec extase et gourmandise.

Depuis, c'est la seule flotte qu'il daigne honorer de ses faveurs.

Petite question, quand même : comment a-t-il fait le rapprochement entre le liquide de la veille, servi en carafe, comme il se doit, et la bouteille en plastique de ce matin ?... L'odeur particulière de cette eau ? La présence de sels minéraux dont il aurait temporairement besoin ? Instinct ou divination ?... Le mystère demeure entier.

En attendant, la consommation de Contrex a quasiment doublé dans la maison et, comme nous le fit observer un ami :

« Si tu racontes cette histoire-là, la maison Contrex va t'en faire livrer un plein camion... »

Ça me fit rêver :

« Si seulement Moune avait bien voulu se mettre au vosne-romanée ou au château-margaux, tu vois d'ici la fête ?... »

Barnabé et le chat

Gordes, le 23 septembre ...

BARNABÉ Combastet était neurasthénique et misanthrope, et il avait de bons motifs de l'être...

La Mélie, assurément, s'était montrée, vingt ans durant, une épouse attentive et paisible, mais elle avait eu le grand tort de le quitter sans crier gare au terme d'une courte et brutale maladie à laquelle les médecins environnants n'avaient compris goutte. Quant aux deux rejetons, issus de leur mariage, ils n'avaient ni l'un ni l'autre offert au veuf l'ombre d'une consolation. Gaston, l'aîné, avait fugué à la veille de passer son bac et, aux dernières nouvelles, il vivotait de petits larçins dans les rues malfamées de Marseille, en compagnie de cloportes de son espèce, drogués le matin et ivres le soir. Lucienne, la préférée, n'avait pas mieux tournée : elle s'était entichée d'un bellâtre vénézuélien, vaniteux, beau parleur et tyrannique, qui l'obligeait à trimer sur d'ingrates besognes afin de satisfaire sa passion des courses et une paresse incœrcible qui le tenait vissé, du matin au soir, sur les terrasses des bistrots/ P.M.U.

Depuis des années, ni l'un ni l'autre n'avaient donné de leurs nouvelles, et cela valait sans doute mieux car rien de réjouissant ne pouvait émaner de ces dévoyés.

Trois malheurs en appellent souvent un quatrième. En conséquence de quoi Barnabé perdit, à l'orée de sa cinquantième année, son emploi de comptable à la Société des grands travaux du Vaucluse, et de son fait, de surcroît, car cette succession de disgrâces l'avait rendu désordonné, fantasque et distrait. La troisième lourde erreur dans ses comptes fut aussi la dernière.

Depuis, il émargeait aux Assedic, en attendant une maigre retraite, et pour mettre un peu de beurre sur le pain sec, il grignotait parcimonieusement de chiches économies.

Barnabé n'avait pas d'amis, pas de parents, pas de vrais voisins. Il habitait à un kilomètre de Robion, sur la route des Taillades, une maisonnette sans caractère que jouxtait un jardinet où il faisait pousser avec ennui tomates, haricots verts et salades : quelques sous qui n'iraient pas chez le marchand.

Il ne sortait pas, il ne voyait personne. Le seul être vivant à partager le logis était un « gouttière » tigré qui ne répondait à aucun nom car Barnabé n'avait pas jugé utile de lui en attribuer un. On disait « le chat », tout simplement, et cela suffisait. Au demeurant, Barnabé ne s'en souciait nullement, le voyait à peine, ne le caressait jamais. Une mutuelle indifférence semblait habiter ces deux êtres qui menaient, chacun de son côté, une existence mélancolique et solitaire.

Deux fois par jour, Barnabé garnissait son écuelle, dans un coin de la cuisine, avec les restes du repas, et le chat s'en accommodait car il avait appris à manger ce qu'on lui donnait, viande ou poisson, légumes ou fruits. Le reste du temps, le chat s'en allait traîner dans les venelles du village, ou bien coursait le mulot à travers jachères et pâtures, ou peut-être dormait, quelque part dans la maison, allez savoir ?... Ce chat, la Mélie l'avait trouvé un matin, devant la porte, alors qu'elle ouvrait les volets. Elle l'avait fait entrer et manger et, tout en lui grattant le crâne, entre les oreilles, elle lui avait dit :

« Si tu veux rester, tu peux. »

Il était resté.

Ce matin-là, qui était un dimanche, Barnabé se leva plus dépressif encore qu'à l'accoutumée. L'église rameutait son petit monde pour la première messe, et le joyeux tintamarre des cloches semblait, à Barnabé, une ironique et intolérable provocation. Et tout autant ce grand soleil de mai qui éclaboussait de lumière les prés croulant de fleurs multicolores. Et aussi cette fillette qui chantait à tue-tête dans une cour de ferme. Ou encore les oiseaux qui, par bandes, paraphaient un ciel de lessive... Tout proclamait les proches apothéoses de l'été.

Pour Barnabé, c'en était trop. Qu'avait-il à faire de cette allégresse générale, lui le maudit, le solitaire, emmuré dans des souvenirs couleur de cendre, ignoré de tous et utile à personne ?

Cette idée qui, depuis des semaines, murissait lentement dans son cerveau engourdi par l'inaction, cette idée, brusquement, devint résolution. Sans prendre le temps de s'habiller, il s'en fut chercher son vieux fusil de chasse dont il ne se servait plus depuis des lustres, s'assura que la rouille n'en avait pas grippé les mécanismes et se dirigea vers le débarras, toujours entrouvert, où il jetait pêle-mêle les objets encombrants ou inutiles de la maison morte. Ses cartouches, il s'en souvenait vaguement, s'empoussiéraient dans un sac de toile écrue, quelque part au cœur du foutoir.

Il eut quelque mal à le repérer car le chat, couché dessus, y dormait lourdement...

Barnabé n'était pas un méchant homme. Il contempla le chat dont le poil plein d'herbes sèches et d'indéfinissables débris végétaux témoignait d'une aventureuse virée nocturne.

« Je vais le laisser se reposer un peu... Je ne suis pas à une heure près... »

Alors qu'il s'éloignait, le chat ouvrit un œil et, sans bouger ni miauler, il le suivit du regard jusqu'à ce qu'il eût quitté la pièce.

De retour dans la cuisine, Barnabé se versa un grand verre de ventoux pour se donner du cœur au ventre, puis il se rasa et se lava. (Autant qu'on le trouvât propre...)

Comme ils pouvaient durer un bon moment, cette grosse fatigue du chat et ce gros sommeil, Barnabé, pour tuer le temps, décida de rédiger un testament. Il prit une feuille de papier et un crayon à bille et s'installa. Mais alors qu'il achevait d'écrire : « Voici mes dernières volontés », le chat surgit soudain, bondit sur la table et s'étala voluptueusement sur la feuille blanche.

Barnabé soupira :

« Décidément, le chat, tu ne me simplifies pas les choses... »

Barnabé n'était pas un méchant homme, nous l'avons dit. Renonçant à déranger le chat, il se leva, se dirigea vers sa vieille cuisinière et posa, sur un rond, une casserole d'eau pour se faire un café.

Le gaz !... Pourquoi n'y avait-il pas songé plus tôt ? C'est expéditif, indolore et sans surprises...

Il s'en alla fermer soigneusement portes et fenêtres, pêcha, sur une étagère, la grosse boîte d'allumettes et s'approcha du robinet d'arrivée afin de l'ouvrir en grand. Mais, à cet instant précis, le chat, d'un bond léger, sauta sur le plan de travail et miaula plaintivement. (Barnabé, parfois, lui chauffait un peu de lait, et le chat s'en régalait...)

« Tu es contrariant, le chat... Tu veux du lait, à présent ?... »

Et comme Barnabé n'était pas un méchant homme, il versa, dans la casserole, un fond de lait, le tiédit et le fit couler dans la soucoupe du greffier.

En attendant qu'il eût bu, Barnabé se laissa tomber dans son vieux fauteuil aux bras usés par les coudes. Alors le chat sauta sur ses genoux et se mit à ronronner comme un fou...

Distraitement, Barnabé lui passa, sur le dos, une main douce...

C'était la première fois qu'il le caressait, et une étrange chaleur l'envahit progressivement... Alors que la va-et-vient de sa main s'accélérait dans les longs poils soyeux de la bête, une bouffée de bonheur, soudain, lui monta à la tête...

« Mais tu m'aimes, le chat !... Et moi qui n'avais rien vu !... Tu m'aimes... Il y a donc quelqu'un qui m'aime ?... »

Le chat releva la tête et le regarda longuement, tendrement...

Et, de ce jour, Barnabé vécut pour son chat.

Heureux.

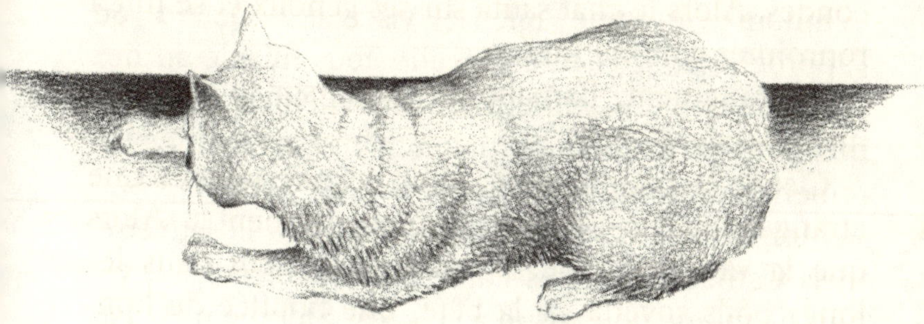

Sidonie-la-culottée

Paris, le 26 septembre ...

SIDONIE, je vous en ai touché un mot, je crois bien ?... Une vague copine de Monseigneur... La futée qui a mis le grappin sur notre ami et voisin Francis Rousseau... Ça vous revient, oui ?

Si je vous la ramène sur le tapis, c'est que, réflexion faite, j'ai un peu bâclé la description : le personnage mérite beaucoup mieux que ça. Alors je raconte...

Sidonie est une râleuse viscérale. Quand on l'approche pour la caresser, elle vous miaule au nez hargneusement — un drôle de miaulement d'enrhumée, très particulier, un miaulement qui signifie clairement : « *J'aime pas qu'on me tripote ! Du vent !...* »

Moi, encore, j'arrive à la gratouiller à la sauvette, mais Catherine n'a pas l'ombre d'une chance. Il y a tout de même une raison à cela, car Sidonie n'est pas prête de lui pardonner le « supplice » du vaccin antileucose qu'elle lui imposa, comme à quelques autres, dès lors qu'il fut établi que Sidonie relèverait, peu ou prou, de la « juridiction Villehardouin » et, partant, de notre tutelle éloignée.

J'étais alors en voyage et, rendez-vous pris avec le Dr Masurel, Catherine avait audacieusement agrippé la râleuse, l'avait fourrée dans la bulle de Monseigneur et propulsée jusque chez notre bon vétérinaire.

Masurel en a vu, dans sa vie, de toutes les couleurs, mais un outil comme Sidonie, il ne savait même pas que ça existait... Car bien que solidement clouée sur l'acier de la table d'opération par Masurel, son adjointe, l'infirmière et Catherine, Sidonie avait réussi à sauter au sol avec la seringue plantée dans les miches. Ce n'est qu'au terme d'une corrida épique à travers le cabinet de consultation que le quatuor était parvenu à la coincer dans une couverture épaisse afin de pouvoir opérer à l'abri des pattes griffues.

Francis, qui n'avait pu être de l'expédition, se confondait en regrets, excuses et remerciements... Mais commençons plutôt par le commencement.

Lorsque Francis Rousseau s'en vint, il y a quelques années, poser ses valises dans l'un des studios de la cour-jardin d'à côté, Mademoiselle Sidonie, qui rôdait depuis longtemps dans le secteur, le repéra aussitôt. Il faut dire que Francis est plutôt beau gosse, qu'il arrivait les mains vides (entendez par là : sans chien ni chat) et que, le soir, il avait accoutumé de laisser sa porte ouverte sur la pelouse centrale et l'allée qui la ceinture, toutes circonstances qui donnèrent à penser, à Mademoiselle Sidonie, que ce gibier-là méritait qu'on s'en occupât sérieusement.

Par chance, Francis aime les bêtes en général et les chats en particulier, et lorsque Sidonie fit chez lui une première intrusion exploratrice, elle fut accueillie avec aménité, Francis poussant même l'imprudence jusqu'à l'inviter à partager avec lui sa sole grillée (ce sont des attentions qui ne s'oublient pas).

Repue-gavée, Sidonie fit, nonchalamment, et en faux-cul, le tour du propriétaire, s'assura du moelleux des sièges, éprouva les ressorts du plumard, glissa son nez en trompette dans la cuisine, qu'elle trouva bien garnie, testa d'une griffe évasive la moquette, qu'elle jugea épaisse à souhait, et prit enfin la porte pour s'adonner à une courte promenade digestive.

Le jour suivant, Francis la trouva, attendant son retour, assise sur le seuil du studio. Dès qu'il eut ouvert, elle entra chez lui comme chez elle et s'installa dans le meilleur fauteuil pour y attendre le dîner.

Cette nuit-là, et comme il faisait frisquet, elle la passa céans.

Francis aime les chats, mais sans doute n'en avait-il pas, à l'époque, exploré toutes les roublardises et toutes les astuces : au nombre des amis qu'il commençait à se faire dans la cour-jardin, il y aurait une chatte qui viendrait, de temps à autre, lui dire bonjour, grailler un chouia, le cas échéant, puis s'en retournerait à ses vagabondages...

Ça, c'est ce qui se passait dans sa tête à lui. Mais dans celle de Sidonie, on avait droit à la bonne version : il y a, dans la cour-jardin, un jobard qui vous file la moitié de sa sole, vous laisse roupiller où on veut, ne pousse pas des cris de putois s'il vous trouve couchée sur les dossiers qui encombrent son bureau et n'objecte pas quand l'envie vous prend d'aller voir ailleurs ce qui se passe.

En conséquence de quoi la mère Sidonie accrocha, à la poignée de la porte, la pancarte RÉSIDENCE EXCLUSIVE (invisible aux yeux des humains mais pas à ceux des greffiers environnants), et Francis n'y vit que du feu.

Pendant quelques semaines, tout baigna dans l'huile. Chacun avait pris ses petites habitudes et, presque toutes les nuits, Sidonie se prélassait chez sa victime jusqu'à l'aurore et même au-delà.

Vous souvenez-vous de l'histoire de l'arroseur arrosé ?... Sidonie n'allait pas tarder à la connaître aussi. Car elle ignorait que le métier de Francis l'obligeait à voyager beaucoup et, parfois, en de lointains pays...

Un soir, donc, venant se poster sur le seuil de son hôte à l'heure précise de son habituel retour, elle eut la mauvaise surprise de ne point le voir apparaître. Vers huit heures de relevée, Éric, voisin et ami de Francis, vint chercher l'esseulée car ce dernier — brave homme — lui avait délégué avant son départ sa fonction de père nourricier.

Sidonie s'empiffra donc chez Éric, puis, repue-gavée, elle s'en fut rejoindre le Rouquin qui rôdait dans les parages.

Le lendemain, Sidonie, qui n'a pas besoin d'un dessin pour comprendre, se pointa directement chez Éric et, cette fois, elle lui fit la grâce d'accepter son hospitalité.

Le jour suivant était un vendredi et tous les vendredis, Éric se rend en Normandie pour y passer le week-end. Mais Éric — brave homme — avait transmis la consigne à un jeune couple qui résidait trois studios plus loin, et ce fut un Jean-Pierre qui se dévoua pour sustenter la gamine.

Quand Francis revint, trois semaines plus tard,

Sidonie était décidée à lui faire payer cher son infidélité. Elle l'ignora trois jours durant — ... non, j'exagère, trois heures durant —, puis elle consentit à remarquer sa présence, la porte de la RÉSIDENCE EXCLUSIVE grande ouverte, la platée de croquettes qui l'attendait au milieu du salon, et elle entra, avec une indifférence affichée et un flou regard qui en disait long sur l'opinion qu'elle professait désormais à l'égard du sexe masculin.

Lors du second voyage de Francis, Sidonie se prit la tête dans les pattes et réfléchit intensément. Ce jules qui se tirait à tout bout de champ sans crier gare, on ne pouvait décidément pas compter dessus. Il convenait par conséquent de s'organiser. Alors, sans attendre qu'il décarre une troisième fois, elle fit le tour de tous les studios. Chaque fois qu'elle découvrait une porte entrebâillée, elle se faufilait à l'intérieur et se présentait :

« *C'est moi, Sidonie. Vous me connaissez, oui ?... Vous m'avez vue souvent !... Vous êtes sympa... Alors, de temps en temps, je vous ferai l'honneur de venir vous voir. Et si vous avez un restant de gigot froid dans le frigo, j'ai rien contre...* »

Et, en partant, elle accrochait, à la poignée de la porte, la pancarte SUCCURSALE (invisible aux yeux des humains, vous le savez déjà, mais pas à ceux des greffiers).

Ces greffiers, justement, ils continuaient à hanter la cour-jardin : le Rouquin, Mélanie, Gaston, Tiburce, le chat du marchand de fringues ; d'autres aussi, de passage, et Moune, naturellement, à qui toute la rue appartient de temps immémoriaux. Il s'imposait donc de les virer *manu militari* afin que, chaque fois que Francis s'absenterait, les succursales ne fussent pas envahies par des zigotos qui n'avaient rien à y faire puisqu'ils disposaient d'un domicile officiel et légal, quelque part dans le quartier. Et Sidonie s'attela derechef à la besogne. Dès qu'un matou se profilait à l'horizon, elle lui courait dessus, poil en bataille et griffes dehors, et elle le reconduisait jusqu'à la rue à grands coups de patte dans le prose.

Une seule exception : le Moune, évidemment, puisqu'elle savait, comme tout le monde, que sa suzeraineté était antérieure à celle de tous les autres et que la rue Villehardouin et ses dépendances c'était, sans discussion possible, SA rue.

Quand le ménage fut fait, Sidonie s'accorda un peu de repos chez Francis qui, entre deux voyages, se trouvait chez lui. Le lendemain, elle procéda à une inspection des lieux en compagnie de Moune dont elle avait obtenu la bénédiction dès lors qu'elle ne prétendait pas faire la loi sur les pavés de la rue, et tout lui semblant en ordre, elle s'en retourna à la RÉSIDENCE PRINCIPALE pour y piquer un roupillon.

À présent, les choses sont réglées comme du papier à musique. De temps à autre, Éric (ou Jean-Pierre ou Juliette) voit entrer Sidonie chez lui (ou chez elle) et prendre possession du fauteuil le plus profond. Le taulier choisi par Mademoiselle sort aussitôt, va trouver Francis et lui demande tout à trac :

« Vous partez en voyage ?

— Oui, demain soir... Mais comment le savez-vous ? J'ai à peine commencé mes bagages...

— Je le sais parce que Sidonie vient de s'installer chez moi.

— Ah bon. »

Drôlement organisée, la bougresse ! J'espère que vous admirez le travail...

L'étrange odyssée de Clovis

Paris, le 29 septembre...

ROBERT Thomas et Jo Poulard nous avaient fait l'amitié d'être des nôtres, mais nous ne savions pas que nous ne reverrions jamais plus Robert... Nous le présagions d'autant moins qu'il semblait tenir la grande forme : l'auteur fameux de tant de pièces à succès nous régalerait, jusqu'à minuit passé, de trouvailles vaudevillesques, de souvenirs hilarants et de traits d'esprit.

Moune semblait, lui aussi, apprécier la verve du conteur car il n'avait pas décarré du coin du canapé qu'occupait notre ami Robert dont la main, de temps à autre, lui gratouillait l'occiput.

« À propos de chat, avait lancé Jo tout à trac, qu'est-ce qu'il fait, dans cette camionnette, ce noiraud que nous avons aperçu en arrivant chez vous ? Nous avons même cru, un petit moment, que c'était Moune... »

Depuis le matin, en effet, une Volkswagen de livraison, immatriculé NL, stationnait devant le portail de l'immeuble. Mais nous, pourtant, n'y avions point vu la queue d'un chat... Après un bref échange de supputations imaginatives ou oiseuses, on parla d'autre chose. Cependant, après que Robert et Jo nous eurent quittés, aussi contents que nous de la soirée, l'affaire nous revint en mémoire.

« Je vais aller voir, dit Catherine.

— Je t'accompagne. »

La camionnette était toujours là, tous feux éteints.

Personne au volant, personne à l'intérieur, personne alentour...

Sur le pare-brise, avec les doigts de la main gauche, je tambourinai une charge de cavalerie et, bientôt, une forme noire et souple se coula le long de la vitre, au-dessus du tableau de bord.

« Ça, par exemple ! s'exclama Catherine. Jo avait raison ! Qu'est-ce qu'on fait ?

— Avec les portières verrouillées, pas grand-chose, je le crains... En tout cas, il a l'air en bonne santé. Il ne miaule pas, il ne réclame rien, son poil est brillant, il paraît gras à lard...

— ... Et il coule des jours heureux, sans boire ni manger, enfermé à double tour dans une fourgonnette abandonnée. La vie de château, quoi ! »

J'ai déjà dû écrire, quelque part, que Catherine a une légère tendance à privilégier le côté tragique des situations. Toute chose, en ce bas monde, a une face blanche et une face noire : mais Catherine est ainsi faite qu'elle voit d'abord la face noire... En l'occurrence, toutefois, force m'était d'admettre qu'elle n'avait pas entièrement tort : depuis douze heures ou davantage, aucun signe de vie n'habitait ce véhicule, à part ce matou dont nul ne semblait se soucier...

J'avais été quérir ma lampe torche et, dans son faisceau, je fouillais du regard l'intérieur de la camionnette. Pas beau à voir! Un joyeux foutoir semblait régner : matelas et couvertures roulées en boule, façon romanos ; ustensiles de cuisine pas lavés et jetés, pêle-mêle, ici et là ; un falzar rapiécé ; de vieux magazines, mais aussi deux écuelles qui contenaient, ou avaient contenu, le boire et le manger du prisonnier.

Pourvu de ces informations, je fis de mon mieux pour rassurer Catherine qui parlait déjà d'une opération-commando :

« Ne dramatisons pas. Le petit gars a de quoi grailler, semble-t-il. Côté humanoïdes, il s'agit probablement de touristes fauchés qui visitent Paris le jour et, la nuit, viennent crécher dans ce bobinard ambulant. C'est assez fréquent, à ce qu'il paraît.

— Quand même, je ne suis pas tranquille.

— Voilà ce que je propose : on écrit un mot à ces zozos, en les priant de se manifester, et on le fixe sur le pare-brise avec du papier collant. D'accord ? »

Ainsi fut fait, séance tenante.

Bien entendu, Moune profita de ces allées et venues, portes ouvertes, pour s'offrir un dernier bol d'air et, l'ayant agrafé au passage, je le hissai sur le capot de la VW, le nez sur le pare-brise. La seconde d'après, le reclus apparaissait de l'autre côté. Les deux chats s'observèrent longuement...

J'en tirai des conclusions apaisantes :

« Tu vois, ça n'a pas l'air d'épater Moune. Si le copain avait été en danger, il nous l'aurait fait comprendre. Tu te souviens du chat, derrière le soupirail ?

— Ils se ressemblent tellement qu'il croit plutôt que tu l'as collé devant un miroir... »

(Pas moyen de se décontracter, avec cette bonne femme...)

Le jour suivant était un dimanche, et la journée s'écoula dans une attente un peu crispée. Comme le turbin ne fournissait aucun dérivatif aux sombres pensées qui galopaient sous le crâne de Catherine, elle était descendue dix fois pour lorgner le petit à travers les glaces salingues de la bagnole. De mon côté, et pour ne pas être en reste, j'avais essayé toutes mes clés plates sur les serrures des portières, mais ça n'avait rien donné.

À minuit, juste avant de nous pager, on procéda à une ultime inspection. Silence et obscurité... Les passagers néerlandais manquaient toujours à l'appel...

Le lendemain lundi je constatai, primo, que mon message était resté fixé, sans réponse, sur le pare-brise ; deuxio, que le captif semblait guilleret mais que, nonobstant, il manifestait des signes d'impatience.

Lucia, qui, pour les soins du ménage, avait pris le relais d'Hélène, partie à la retraite, fut commise d'office à l'observation attentive des événements (son amour des bêtes garantissait sa vigilance). De retour au logis, nous trouvions, dans la cuisine, le mot qu'elle nous destinait : « Je n'ai vu personne. Le petit chat doit avoir soif. »

Catherine sentit alors la moutarde lui monter au nez, et quand la moutarde lui monte au nez, les populations ambiantes peuvent commencer à numéroter leurs abattis et à sortir les cuirasses du placard.

« Bon ! Ça suffit comme ça ! Je prends un marteau et je casse une vitre ! »

Bêtement respectueux des lois de la République, je fis timidement lever à l'horizon le spectre grimaçant des répressions policières et des sanctions pénales :

« Un véhicule automobile est assimilé par la loi à un domicile. Effraction et bris de clôture, ça va chercher dans les deux ans de gnouf, dont un avec sursis, pour peu que ton avocat soit un maître du barreau... Tu préfères les oranges ou le chocolat aux noisettes ? »

La révoltée haussa les épaules avec mépris :

« Mauvais traitement aux animaux et non-assistance à chat en danger, ce n'est pas gratuit non plus ! On ne va tout de même pas laisser cette bête crever de faim et de soif ! »

Pour fortement anticipée qu'elle fût, et abusivement mélodramatique, cette perspective, néanmoins, m'emplit d'une colère naissante :

« Tu as raison !

— En plus, il ressemble à Moune. »

(Bing ! le coup de grâce...)

Je réussis pourtant, au prix d'un effort éprouvant, à éviter que la « colère naissante » ne devienne homicide :

« Quand même, je vais d'abord alerter les flics et la S.P.A..

— Ça ne servira à rien, mais si ça te donne bonne conscience... »

Au commissariat du 3e, le préposé aux calamités nationales enregistra ma déclaration avec un flegme surprenant. Alors que je réclamais la brigade d'intervention rapide et le commando de choc de l'antigang, il me promit le passage évasif d'un poulardin, sitôt que le susdit n'aurait rien de mieux à faire. Comme c'était un homme bon et courtois, il m'assura qu'il prenait une part non négligeable à mon émotion mais que l'événement — ceci dit pour m'apaiser — était banal à pleurer...

À la S.P.A., on me passa un « inspecteur » qui me jura, la main sur le cœur, qu'il fonçait sur les lieux du crime, toutes affaires cessantes. J'en informai aussitôt Catherine :

« La S.P.A. arrive. Range ton marteau. »

Pendant le dîner, on fit le point. La police, tenant

ses promesses, avait délégué effectivement un cerbère, lequel consignerait le numéro d'immatriculation du véhicule, constaterait la présence d'un chat, et rendrait compte à l'autorité supérieure. De la S.P.A., aucune nouvelle...

« Je vais chercher le marteau », annonça Catherine, avec la froide résolution du légionnaire montant crânement à l'assaut de la forteresse ennemie.

« Attends ! J'ai une idée !

— Si elle est aussi juteuse que la précédente, tu peux te la remettre dans la giberne !

— Écoute, au moins !... Ces gens ne comprennent sans doute pas le français. Je vais rédiger mon message en anglais, langue véhiculaire que la plupart des Hollandais pratiquent. S'ils s'obstinent à ne pas se manifester, demain je vais chercher le serrurier et on force les portes. »

Catherine eut la bonté de m'accorder un sursis et posa son foutu marteau. Mais comme elle le laissait à portée de main, j'en conclus que sa confiance en mes « idées » allait à peu près aussi loin que je pourrais, à bout de bras, lancer un éléphant adulte...

J'en fus, sur le moment, un peu attristé.

Je me collai cependant à ma version et j'allai en fleurir le pare-brise de la Volks.

« Qu'est-ce que t'as écrit ?

— La même chose qu'hier, mais en anglais : "Nous sommes inquiets pour le chat qui est enfermé dans votre fourgonnette. Pour nous rassurer, appuyez sur le bouton de l'interphone Ragueneau-Anglade. Faute de quoi nous en déduirons que ce véhicule et ce chat sont abandonnés. Merci."

— Le merci était de trop.

— On ne se refait pas. Mes parents m'ont donné une bonne éducation. »

Rien ne se passa cette nuit-là non plus.

Le jour levé, et avant d'aller au turf, je fis, comme promis, un saut chez le serrurier.

« Eh non, monsieur ! Je peux ouvrir toutes les portes, sauf celles des voitures. En plus, c'est défendu. »

Je rentrai chez nous en rasant les murs. Catherine scruta ma mine, la déchiffra sans coup férir et, aussitôt, elle s'en alla quérir le marteau.

« Calme-toi. Je viens de voir le chat. De toute évidence il n'a ni faim ni soif. Ces touristes doivent rentrer trop tard pour oser sonner chez nous, ou peut-être l'ont-ils fait alors que nous étions absents? Avant de nous placer au ban de la société, menottes aux poignets, je suggère ceci : ce soir, j'affiche un avis menaçant. Je les informe que, sans nouvelles dans la nuit, et quelle que soit l'heure, j'alerte la police et je fais forcer les portières. En anglais et en français. »

Catherine reposa le marteau :

« Tu as jusqu'à deux heures du matin. Passé ce délai, je monte à l'abordage. »

Je votai la motion avec soulagement.

En début de soirée, nous eûmes la visite de Françis Rousseau, notre voisin et ami. Informé du drame qui se jouait sous nos fenêtres, il y ajoutait des on-dit alarmants :

« Il existe un trafic de drogue dans un immeuble de notre rue, c'est connu. Rien n'interdit de penser que vos mystérieux Néerlandais soient des pourvoyeurs de schnouff qui ne tiennent pas à se manifester. »

L'affaire se corsait...

Le même soir, alors que l'on tuait le temps devant

la dix-septième diffusion du *Train sifflera trois fois*, un appel, à l'interphone, nous projeta hors de nos sièges. Je saisis le combiné le premier. Une voix m'informait que l'« on » avait trouvé mon message et qu'« on » se disait tout prêt à nous rencontrer.

Nous dévalâmes l'escalier quatre à quatre et j'ouvris le portail.

En face de nous, deux gars d'apparence hippie et un brin équivoque. L'un était français, l'autre néerlandais. Le Français y alla de ses explications. Avec son copain, ici présent, il faisait un tour d'Europe, et tous deux comptaient reprendre la route demain. Le chat ? Ils le nourrissaient tous les soirs, en rentrant se pieuter. Ils l'avaient trouvé, abandonné, errant sur les Champs-Élysées...

« Non, précisa l'autre. Pas loin. Sur la rue Saint-Antoine...

— Ah oui ! »

Bref, ils l'aimaient bien, cet orphelin de rencontre, mais ils ne savaient plus quoi en faire. Connaîtrions-nous quelqu'un qui pourrait l'adopter ?

Je n'hésitai pas :

« Donnez-le nous. On va s'en occuper. »

Les deux zigs remercièrent et s'en furent chercher le prisonnier. Mais à l'instant où allait s'opérer la passation des pouvoirs, le petit monstre sauta à terre et déguerpit dans la rue.

« Faut le rattraper ! » hurla Catherine.

Facile à dire... Pourtant, en s'y mettant à quatre, on réussit à le coincer contre les roues d'une Peugeot en stationnement et, le tenant bien serré contre moi, je le remontai, Catherine sur les talons.

La porte palière bouclée, je soupirai :

« Le plus dur est devant nous...

— Qu'est-ce que tu entends par là ?

— Moune... Tu sais comme moi qu'il n'apprécie guère les intrus.

— Baste ! À chaque jour suffit sa peine. On lui expliquera. À propos, où est-il ?

— Il est descendu avec nous et en a profité pour se barrer.

— Bonne chose. On va en tirer parti pour nourrir le petit avant qu'il n'objecte. Je vais l'appeler Charlemagne.

— C'est pas un peu pompeux, ça, pour un Réaumur-Sébastopol ?

— Il est racé, ce chat, ça se voit du premier coup d'œil. Charlemagne lui va comme un gant. »

Le fait est que Charlemagne était superbe. Aussi noir que Moune, il arborait une petite tête triangulaire qui sentait à plein nez une ascendance siamoise, ce que confirmait une queue légèrement coudée, caractéristique de la race. Mais, en attendant, il avait disparu...

On finit, après de longues recherches, par le dénicher dans la penderie. Il s'était réfugié au creux des vêtements d'hiver qui s'empilaient sur la planche la plus haute et, visiblement, il cherchait à se faire oublier. Redescendu *manu militari* et transféré dans la cuisine, il fit honneur au bol d'eau fraîche et au « foie-volaille » de la maison Gourmet, puis, sans même prendre le temps d'essuyer ses moustaches, il détala fissa en direction de son refuge.

Un petit quart d'heure plus tard, j'allai jeter un coup de sabord dans la rue. Moune m'attendait, assis sur son rebord de fenêtre préféré. Je le fis monter.

À peine entré, Monseigneur huma, dans l'air, des odeurs de collègue. Il s'en fut renifler un pied de chaise que Charlemagne avait dû frôler, le bas d'un canapé, un coin de mur, puis leva vers nous un regard où perçait le soupçon :

« *On ne me cacherait pas quelque chose, par hasard ?*

— Il est très gentil, Moune, tu verras. C'est un pauvre malheureux... Et puis il ne va pas rester. Il est en transit, tu comprends ?

— *Ouais... J'ai déjà entendu ça...* »

Mais il ne poussa pas plus avant ses investigations.

La rencontre entre le propriétaire et l'intrus se fit le lendemain. Charlemagne avait consenti à descendre de son perchoir pour honorer, dans la cuisine, un petit gorgeon, et Moune, qui s'y trouvait aussi, l'aperçut. Que croyez-vous qu'il arriva ?... Charlemagne décampa comme s'il avait vu le diable en personne...

Moune me regarda avec étonnement :

« *Un spécial, celui-là ! Ni bonjour ni bonsoir.*

— C'est un craintif, Moune. Il a dû en voir de dures, dans sa chatte de vie.

— *Faut reconnaître, en tout cas, qu'il n'est pas encombrant.* »

Cependant, pour le rescapé, l'ordre des urgences

appelait une visite chez le vétérinaire de façon à dresser un bilan de santé et mettre d'éventuels parents adoptifs à l'abri des mauvaises surprises. Le bon docteur Masurel nous reçut donc en temps et heure, et Charlemagne ne fit aucune difficulté pour se laisser véhiculer jusqu'à la rue Ferdinand-Duval dans la bulle de Monseigneur.

Test de salive, pour la leucose, prise de sang, vaccinations diverses et palpations variées... Le grand jeu révéla un bon petit greffier en parfait état de marche.

Ce même soir, alors que nous devisions paisiblement, Charlemagne s'aventura dans le salon et vint se frotter contre les jambes de Catherine... Elle se baissa, le prit dans ses bras et, presque aussitôt, elle poussa un cri de surprise qui me fit lâcher mon journal :

« Mais il est tatoué !... Je viens de le voir, là, dans le pavillon de l'oreille, à la lumière rasante de la lampe ! »

Je me penchai à mon tour sur le corps du délit :

« Ça c'est la meilleure de l'année ! En effet, je vois

très bien les chiffres... Mais alors, ce citoyen est à quelqu'un !... Quelqu'un à qui on l'a volé !...

— Apparemment, oui.

— Et Masurel, en l'examinant, ne l'a pas vu ?

— Il ne le pouvait pas. Quand on fait un examen de principe du conduit auditif, on masque forcément, avec le pouce, le numéro matricule... Sans compter qu'il n'avait aucune raison de se méfier, après l'histoire que nous lui avions racontée... Va chercher la lampe torche : on va essayer de lire les chiffres. »

Bien éclairée, l'identité numérique du petit bonhomme se lisait à livre ouvert. Je la notai soigneusement.

Le lendemain, Catherine appela Masurel et l'informa de la découverte.

« Donnez-moi son matricule, dit-il. L'ordinateur va me dire où il a été tatoué et, ainsi, je pourrai en savoir davantage. »

Dix minutes plus tard il rappelait pour nous annoncer :

« C'est moi qui l'ai tatoué... »

L'occasion de taquiner « tonton Masurel » était trop belle pour la laisser filer :

« Bravo ! De mieux en mieux !... »

Au bout du fil, Masurel riait franchement :

« Vous savez, Mme Anglade, il m'en passe des milliers entre les mains ! Si je devais me souvenir de chacun de mes petits clients, j'aurais le cerveau aussi encombré que le métro aux heures de pointe ! ... Mais je peux vous en dire plus. Ce chat m'a été amené par Mme Haik dont je vais vous donner l'adresse et le téléphone. Cette brave dame s'occupe des chats libres ou perdus du quartier Saint-Antoine, et celui-ci faisait partie du lot. Il s'appelle Clovis.

— Avec Charlemagne, je n'étais pas tombée loin...

— Mme Haik en a déjà huit chez elle, plus un chien. Tout ce petit monde dort sur son lit mais son logement est petit et elle ne peut abriter davantage de paumés. Les autres, elle me les amène, les fait vacciner et tatouer, et les remet sur leur territoire... »

Nous en savions assez. Restait à alerter Mme Haik que la nouvelle mit en joie :

« Quelle chance ! Je ne le voyais plus, le petit Clovis, et je me faisais un sang d'encre... Son coin à lui, c'est le jardin qui jouxte Saint-Gervais. C'est là que je vais le nourrir, lui et quelques autres. Mais, régulièrement, un type assez louche me l'embarque. Pourquoi, je l'ignore... Clovis finit par s'échapper de chez lui, ou, quand j'arrive à point, c'est moi qui le lui arrache des mains. Cette fois-ci, je croyais bien que je ne le reverrais plus... Si vous pouviez le garder ou le placer chez des gens bien, il serait plus en sûreté que dans le quartier. Avec ce fou, dans les parages... »

Le garder, le placer... Tout dépendait d'abord des relations entre Moune et Clovis...

Pour l'heure régnait, entre les deux bêtes, une paix domestique essentiellement fondée sur la trouille qui habitait Clovis à l'idée de croiser la route du caïd. Moune, quant à lui, appréciait la discrétion du commensal. Quand, par hasard, il tombait sur lui à l'heure des ripailles, il manifestait une aimable indifférence. Il leur arriva même de déjeûner côte à côte — Moune, comme s'il n'y avait personne de l'autre côté de l'assiette, Clovis sur ses gardes sans trop le montrer (*À quel moment va-t-il me tomber sur le râble ?...*).

Ce manège dura trois jours. Et puis Clovis se dégotta une planque stratosphérique et aérée : le ciel de lit dont un contre-plaqué, recouvert d'une étoffe et reposant sur les colonnes du baldaquin, assurait une bonne assise. Il y grimpait comme un acrobate, par les bois de lit, et disparaissait de la vue du commun des mortels. De temps à autre, on voyait une petite tête noire, sommée d'oreilles frémissantes, émerger tout là-haut et se pencher pour gaffer bipèdes et quadrupède rôdaillant là en bas, au ras du sol. Mais bien que Moune eût agité à maintes reprises le rameau d'olivier (que dis-je, une branche entière !) et annoncé un désarmement unilatéral, Clovis se refusait obstinément à s'intégrer dans une vie communautaire et à circuler autrement qu'en rampant sur le bide, tous les sens aux aguets. Il fallait trouver une solution.

C'est alors que l'« inspecteur » de la S.P.A. se manifesta. Il s'offrait à se pencher (prochainement) sur le triste sort du prisonnier... Catherine, qui recevait la communication, explosa littéralement :

« Vous vous foutez de nous ? Depuis le temps, il serait mort et enterré si nous ne nous en étions occupés nous-mêmes ! Bien le bonjour chez vous ! »

(D'évidence, « l'inspecteur des sauvetages terminés » avait complètement oublié notre coup de fil, et toute l'affaire ne lui revenait en mémoire que par analogie avec une autre...)

Et puis, l'illumination... Je me souvins de ce « Noël des animaux » auquel, l'hiver dernier, une association d'assistance aux bêtes abandonnées m'avait convié. Ça se passait à Massy-Palaiseau et j'en conservais un lumineux souvenir... Des gens extraordinaires, donnant leur temps, leur énergie et leur argent pour apporter un peu de bonheur à des innocents en perdition et qui eux, à l'inverse des hommes, ne sont pas responsables de leurs malheurs. Je téléphonai aussitôt à Mme Canavoso, responsable de l'association, et lui fis part de mon problème.

« Amenez-le nous », dit-elle sans hésiter. « Je ne sais pas si je pourrai le prendre moi-même car il y a déjà foule à la maison, mais nous trouverons certainement une bonne âme pour s'occuper de Clovis. »

Rendez-vous fut pris pour le lendemain. M. Canavoso nous attendait à la gare, car dénicher sans guide le 23 de la rue Joliot-Curie, à Massy, n'était pas une mince affaire. (Ces banlieues sont compliquées en diable. Mais maintenant que j'ai fourni l'adresse, ceux qui n'ont pas un oursin dans le morlingue et veulent aider à sauver des chats et des chiens abandonnés savent où ils peuvent adresser leur contribution. Je leur garantis que l'argent collecté ne sert pas à faire vivre des bureaucrates.)

L'accueil des Canavoso à Clovis et à ses parents temporaires fut simple et chaleureux. Nous sûmes tout de suite que la sœur d'Agnès acceptait l'orphelin de grand cœur et passerait, dans l'après-midi, pour en prendre livraison.

Sachant la venue des parents du fameux chat Moune, des amis, des voisins allaient se succéder chez les Canavoso : une femme étonnante, championne de la dentelle, qui nous montrait les merveilles sorties de ses doigts de fée, et qu'elle vendait pour alimenter la caisse de l'association ; un monsieur chaleureux mais fort inquiet de ne pouvoir joindre un voisin du dessous qui, partant en voyage, avait oublié de fermer le robinet de sa baignoire (il trouverait une solution, d'ailleurs), et d'autres encore, s'échangeant des nouvelles, des petits potins, des projets...

Au cœur de ce petit monde bienveillant et attentif aux autres, hommes ou bêtes, on se sentait chez les premiers chrétiens — les vrais, ceux dont on a perdu le message et le souvenir...

En les quittant, à regret, Catherine me dit :

« Clovis ne pouvait trouver mieux. »

C'était aussi mon avis.

Chez « tonton Masurel »

Paris, le 30 septembre...

ELLE est archipleine, la salle d'attente de notre bon docteur Masurel... Il y a là un tout jeune couple et un tout jeune chat tigré (dans son panier), une très vieille dame et un très vieux chien (en laisse), un couple dans la petite quarantaine et un greffier blanc comme neige (dans un couffin), une jeune fille et un oiseau à l'aile cassée (dans sa cage), et nous avec M. Moune (en liberté)...

En liberté, d'abord parce que M. Moune est un peu ici chez lui depuis que la surveillance du taux d'urée, qui a tendance à grimper avec l'âge, appelle, périodiquement, une petite piqouze ; en liberté, aussi, parce que M. Moune est curieux comme une pipelette et trouve plaisant de faire le tour des patients et de leurs parents éplorés.

Le rite, cette fois encore, a été observé. Il a été flairer les paniers des collègues et s'est fait cracher au nez, il s'est approché du très vieux chien pour lui prodiguer un petit encouragement (« *C'est rien, vieux, tu verras... Il est très gentil, ce toubib* »), il a été se faire peloter de chaise en chaise, puis, finalement, il s'est avachi sous une plante verte en attendant son tour.

M. Moune est un philosophe. Tout à l'heure, lorsque j'ai amené sa bulle en Plexiglas dans le salon, il savait bien ce qui se préparait au bout, mais quoi ! quand faut y aller, faut y aller et il s'est enquillé dedans sans qu'il fût nécessaire de le pousser aux fesses. Nous sommes descendus au garage, on l'a cloqué sur le siège arrière, j'ai ouvert la porte de la bulle et, jusqu'à la rue Ferdinand-Duval, il a contemplé le paysage des rues familières dans la plus totale indifférence.

L'assistante du vétérinaire surgit pour réclamer le client suivant. Le regard compatissant de M. Moune l'accompagne...

Et voilà Casquette, à présent, qui s'introduit dans le sillage d'un petit garçon et de son cocker...

Casquette, c'est le chat de la maison. Quelqu'un l'avait amené, il y a quelques années, pour le faire piquer. Motif ? Le quelqu'un en question partait en vacances et ne voulait pas s'encombrer d'un chat. Alors, n'est-ce pas, c'est tout simple : on le zigouille... — Le bon docteur Masurel s'est retenu de lui balancer un jeton dans le portrait. Il a dit, simplement : « Très bien, vous me le laissez. » Et Casquette ne l'a plus jamais quitté, bien qu'il soit libre d'aller et venir à sa guise.

Mais l'immeuble est son territoire personnel. Il s'y ballade, grimpe les escaliers, va mater, sur le pas de la porte, l'aimable agitation de la rue et, de temps à autre, il vient faire un tour dans la salle d'attente pour dire bonjour, reluquer les copains, se faire gratter le crâne... Mais son plus grand plaisir est de grimper jusqu'à la verrière qui coiffe la salle d'opération et de se laisser glisser sur l'autre pente. Alors, de là-haut, il observe ce qui se passe : le client sur le billard, les parents qui angoissent, son papa qui opère... Ça distrait.

Bon, c'est notre tour.

Catherine prend sa petite bête dans les bras, moi j'empoigne la bulle, on enfourne l'un dans l'autre et nous pénétrons en chœur dans le saint des saints. Je vide M. Moune sur l'acier luisant de la table d'opération et le Dr Masurel s'approche :

« Alors, Moune, bon pied bon œil ? »

Il l'examine, tire la peau du dos et la laisse retomber, regarde les poils et les lisse de la main, scrute les yeux et les oreilles, palpe le ventre...

« En pleine forme... Il m'épatera toujours, ce phénomène... »

M. Moune, lui, se laisse faire, ouvre la bouche, écarquille les mirettes, lève la queue pour laisser passer le thermomètre... La routine, quoi.

Piqûre, maintenant.

L'aiguille s'enfonce sous la peau. Il ne moufte pas. Statue de marbre.

Masurel soupire :

« Si tous les malades étaient aussi facile à soigner... »

Voilà. Terminé. Direction la maison.

C'est comme ça que les choses se passent, la plupart du temps.

Et puis, occasionnellement, ça se gâte. Parce que M. Moune n'est pas d'humeur ; ou que les piqouzes, réflexion faite, ras-le-bol ; ou qu'il s'est levé du pied gauche...

« Non, prétend Catherine, c'est quand tu n'es pas là... »

Ben non, en effet, je ne peux pas être là tout le temps... Le boulot, qui le ferait à ma place ? Alors, quand je rentre, j'ai droit au récit horrifiant des turpitudes de Monsieur :

« Ah ! aujourd'hui, c'était le bouquet, l'apothéose !... Ça a commencé ici. Il ne voulait pas entrer dans sa bulle. Je lui ai couru après à travers tout l'appartement, et pour réussir à le boucler dans le bidule, ç'a été un de ces cirques !... Bon, je l'ai emballé quand même. Comme la voiture, tu le sais, est en réparation, je suis partie à pied, avec le gros dans sa cage, à bout de bras. On n'a pas été bien loin... À l'angle des rues Saint-Gilles et Turenne, j'ai senti comme des odeurs... Monsieur avait fait pipi sur son coussin. Et pas un petit... On s'arrête, j'ouvre la bulle, je le coince d'une main tout au fond pour qu'il ne se barre pas, je retire le coussin, je dispose, à la place, deux serpillières, et on repart... Pas longtemps... Rue Pavée, j'entends comme des bruits... Monsieur gerbait son déjeuner. Et pas un peu... (En marchant je devais le secouer un peu ; ça fiche le mal de mer.) On s'arrête, j'ouvre la bulle, je le coince d'une main tout au fond pour qu'il ne se barre pas, je retire les serpillières, je les pose, dégoulinantes, sur la bulle, et on repart... Comme les évacuations n'ont pas été plus loin (et je redoutais le pire), nous sommes arrivés chez Masurel sans autre incident. Je rentre le môme dans la salle d'attente, je le vide sur le carrelage, et je vais laver les serpillières et le bidule au robinet qui est dans le couloir d'entrée. Je le rejoins, je trouve un siège, et Casquette, qui rôdait par là, s'approche de Monsieur pour lui demander de ses nouvelles. Gentiment. Bing ! Une grande claque de Monsieur en travers de la gueule ! Je prends ce pauvre Casquette sur les genoux, je le console, et Monsieur, qui nous observe, me lance un regard furieux et va s'aplatir sous un meuble. Pour le sortir de là, on a dû s'y mettre à deux, l'assistante et moi. Je réussis à le cramponner et j'entre avec lui dans le cabinet de consultation. Je le pose sur la table d'opération, il se retourne et me crache à la figure... Masurel entre et commence à l'ausculter :

— Mais qu'est-ce qu'il a, aujourd'hui ? C'est un vrai diable !

» Le fait est qu'il refuse tout : le thermomètre, qu'il manque de casser, l'inspection des crocs, qu'il referme sur la main, les papouilles sur le ventre, auxquelles il se dérobe... Il prétend même que la piqûre, ça fait mal ! Il gronde, rouscaille, se débat, sort ses griffes, postillonne des injures... — Honteuse !... J'étais honteuse... Voilà comment il est, ton cher trésor, quand tu n'es pas là. Alors, s'il te plaît, la prochaine fois, fais un effort... »

Dans les vignes du Seigneur

Gordes, le 3 octobre...

JE viens de remonter, mon courrier sous le bras. Moune est resté en bas, dans l'allée des cyprès. Il va se trouver un coin tranquille pour roupiller — au soleil, de préférence, car le fond de l'air est frisquet.

« Quelque chose pour moi ? » demande Catherine du fin fond de sa cuisine.

« Une carte de Leïla et de la pub pour des soldes.

— Tu poses. Et pour toi ?

— Un courrier de S.E.C.O.D.I.P. et de la pub pour des soldes.

— C'est tout ?... »

Elle vient me rejoindre dans le séjour.

« ... Et ce gros paquet ?

— Ça c'est le courrier de Ti-moune. Tu devrais savoir que le petit Monsieur a des groupies d'une fidélité à toute épreuve... Je vais commencer par ses lettres à lui.

— Est-ce bien convenable ?

— Il ne m'en voudra pas. D'ailleurs, je les lui lirai après. »

Et je décachette.

Un mot de Colette Potié et de son mari, nos bons amis d'Argenteuil, avec des photos de Nanou, la belle toute blanche. La famille se porte bien et il pleut à Paris... Fabius Vittel, qui écrit à son copain... Et Guy Le Bigot : « Mon cher Moune, non ce n'est pas à tes parents que j'écris, mais à toi personnellement... Je m'appelle “Petit Chat”. Je viens d'avoir quatre mois »... — Une jolie lettre... Et Nicole Tarlet, maintenant : « Bonjour, mon cher Moune. Tout d'abord j'espère que tu vas bien. Ma mère vient de terminer les quatre livres relatant tes exploits... » Ah ! Une longue missive de Robert Fol, mais celle-là m'est adressée. Le président du conseil des prud'hommes de Paris, aujourd'hui à la retraite, aime les chats avec démesure. Je suppose que leur présence légère et apaisante devait le décrisper lorsqu'il sortait des séances éprouvantes du conseil des prud'hommes, pleines de tumulte et de fureur... Robert Fol me demande des nouvelles de Moune et, aussi, il me relate une histoire de Dudu, son « gouttière ».

Je lis et je ris.

Ça énerve Catherine :

« Raconte, si c'est drôle...

— D'accord. »

Et je lis tout haut :

« Depuis près d'une quinzaine de jours nous étions, ma cousine et moi, chez des amis, non loin de Béziers, à quelques kilomètres seulement de

Saint-Chinian au vin réputé. Nos amis ont là, dominant la vallée de l'Orb, une jolie maison confortable entourée d'un grand jardin et de quelques arpents de ces fameuses vignes. Comme vous vous en doutez, nous avions avec nous Dudu, le "cher trésor" — un européen brun tigré, arborant un plastron blanc d'une grande élégance. Seulement voilà, Dudu, castré à six mois, ne connaissait jusqu'ici que les appartements de ville, le mien, naturellement, celui de ma cousine lorsque nous allions dîner chez elle, ceux de bons amis qui, comme moi, aiment, dans une maison, les mouvements, la grâce, la discrétion et la douceur d'un chat. Aussi, son premier contact avec cet univers, féerique et inquiétant tout à la fois, fut pour le moins prudent... Il mourait d'envie d'aller voir de plus près ces drôles de machins pleins de feuilles à portée de chat, ces massifs de fleurs qui embaumaient sûrement, ou ce grand pin, tout là-bas, qui semblait si bien se prêter à l'escalade. Il en mourait d'envie, oui, mais, en même temps, il se méfiait... Cet Éden recélait peut-être des pièges sournois, des bêtes hostiles, des individus malveillants...

» Tout de même, en ma rassurante compagnie, il finit par se hasarder en *terra incognita.* Il y découvrit des herbes très bonnes à manger, des bestioles très amusantes à pourchasser et même, à l'occasion, un fruit tombé d'un arbre et qui rafraîchissait agréablement le gosier.

» Les jours passant, le vieil instinct du chasseur noctambule reprit tout doucement le dessus. La ville l'avait engourdi, la campagne le réveillait... Une nuit, vers quatre heures du matin, je le sentis me passer sur les jambes, m'escalader le flanc et, délicatement, me mordiller le bout du nez...

— Qu'est-ce que tu veux, mon Dudu ?

— *S'il te plaît, laisse-moi sortir...*

» Bon, pourquoi pas ?... Je me levai sans enthousiasme, enfilai une robe de chambre et des savates et accompagnai mon Dudu dans un jardin plein de nuit et de bruits furtifs. Après tout, même si je le perdais de vue, il ne risquait pas de s'égarer dans la nature car un solide grillage entoure le jardin.

» Il me fit le même coup deux ou trois fois de

suite, et, régulièrement, je le suivis pour m'assurer que tout se passait bien... Et puis, rassuré, je pris le parti de le laisser sortir seul, à sa guise. Ce qu'il fit désormais toutes les nuits.

» Rituellement, vers huit heures, grâce à la petite pendule que les chats ont dans le ventre, il réapparaissait et grattait énergiquement la porte ou un carreau de fenêtre car sa voix de petite crécelle éraillée n'était pas assez puissante pour nous alerter.

» Un matin, cependant, alors que huit heures venaient de tinter à la grande horloge normande du vestibule, pas de Dudu... Huit heures et demie, pas de Dudu... Neuf heures, pas de Dudu... Un peu inquiet quand même, je me mis à la recherche du "petit trésor"...

» "Tantine" ne décolérait pas :

— Tu n'aurais pas dû le laisser sortir, il n'a pas l'habitude ! Je t'avais prévenu ! Tu vas voir qu'il lui est arrivé malheur !...

» Je commençais à m'angoisser... Avec ma cousine, nous parcourons le jardin en tous sens, fouillons le moindre recoin... Pas de Dudu. Et soudain, de l'autre côté du grillage, un gémissement... C'est lui !... Mais comment est-il sorti du jardin ?... Très simple : tout près des vignes, il y a une porte, dans le grillage, qui débouche sur le potager, et cette porte, très fâcheusement, est restée ouverte. Il est passé par là mais, pour une raison mystérieuse, il n'a pu la franchir à nouveau pour rentrer chez nous...

» Nous courons vers lui... Il se lève difficilement, lance un grognement rauque et s'affaisse à mes pieds...

— Tu es blessé, mon Dudu ? Tu es malade ?...

» Nous le palpons, nous l'examinons, nous le retournons sur toutes les coutures... Rien... Dudu fait encore un effort pour se lever... et retombe à mes pieds... Je le prends dans mes bras et lui qui, d'habitude, n'aime pas ça, il se laisse faire, sans récriminer ni se débattre...

» Arrivé à la maison, je le pose par terre... et Dudu s'aplatit pour la troisième fois.

» Tantine s'affole :

— Moi je te dis que cette bête a été battue... Ou mordue, peut-être ? Ou piquée par une vipère ?... Je t'avais dit de ne pas le laisser sortir seul !...

» Je m'accroupis, je le palpe à nouveau et voici

que, soudain, il se met à ronronner ! Oui ! Il se met à ronronner comme un fou ! Et il me regarde... Ses yeux si gentils me regardent avec tendresse, avec amour... — des yeux un peu vagues...

— Mais, ma parole, il louche !

— *Mon papa, mon petit papa, je t'aime... Je t'aime, mon petit papa... Dis-moi toi aussi que tu m'aimes...*

» Tiens ! Ça me rappelle quelque chose... Mais quoi ?... J'y suis : Victor Boucher dans les *Vignes du Seigneur* : "Hubert, mon petit Hubert, je t'aime, mon petit Hubert, je t'aime... Dis-moi aussi que tu m'aimes, Hubert..." Et je comprends tout ! Dudu a mangé des raisins tombés à terre, déjà un peu fermentés car les vendanges commencent demain. Il ne lui en a pas fallu beaucoup, sans doute, mais comme c'est la première fois qu'il se tape des raisins fermentés...

» Dudu se lève avec peine, titube, marche en zigzag... Je le porte dans son fauteuil... Il ronronne... Il nage en pleine euphorie... Le "cher trésor" est rond comme une queue de pelle, voilà tout, et il va s'endormir d'un sommeil lourd, lourd, lourd...

» Les deux jours qui suivirent, il se mit à la diète. Et ma cousine Georgette Letac, qui a écrit pour vous cette histoire, tapée par moi sous sa dictée, conclut : “La diète, on n’a rien trouvé de mieux pour soigner les gueules de bois...” »

Catherine en pleure de rire. Et moi, j’ai ma petite idée :

« Je vais demander à Georgette Letac si je peux lui emprunter cette histoire.

— Je serais bien étonnée qu’elle te la refuse. »

Aimer ou ne pas aimer

Gordes, le 3 octobre...

DANS ce courrier, il y avait une autre lettre... Mais celle-là, je ne l'ai pas lue à Catherine.

Chaque fois, c'est la même question : Que valait-il mieux faire ?

Denise et Bernard R., avec qui je corresponds

depuis la parution du premier tome de la saga mounesque, m'écrivent que Mamour vient de mourir...

Ils ne s'en consolent pas.

Tant d'autres m'ont dit la même chose ! Et nous-mêmes, un jour — inéluctablement...

Est-ce que ce n'est pas trop cher payer quelques années, parfois quelques petits mois de bonheur ? Devait-on tout donner, et tout recevoir, pour qu'il n'en reste, au bout du compte, que des souvenirs qui font mal quand on les évoque, des photos tâchées de larmes, et cette déchirure qui ne veut pas cicatriser ?

Je ne sais pas, je ne sais plus...

Mais se pose-t-on toutes ces questions quand ce regard plein d'infini plonge dans le nôtre et nous dit : « Aime-moi, je t'aimerai » ?... Non, n'est-ce pas. On tend les bras, on reçoit ce cadeau, on le couvre de caresses, on le berce contre soi... Il est toute la beauté, il est tout l'amour, il est toute la vie. Et cela comble l'instant.

Un philosophe a écrit que la plupart des hommes n'imaginent par leur mort car, s'ils l'imaginaient, ils n'entreprendraient plus rien. Nous n'imaginons pas non plus la mort de ceux que nous chérissons car, si nous l'imaginions, nous vivrions dans un constant désespoir.

Et c'est pourquoi, sans doute, lorsqu'elle surgit fielleusement, sournoisement, méchamment, cette faucheuse de nos bonheurs, nous nous retrouvons comme assommés, anéantis, désemparés. Nous avions oublié, nous avions voulu oublier qu'elle rôdait dans les parages, la gueuse, et s'il nous arrivait occasionnellement d'en prendre conscience, nous ne nous sentions pas directement concernés : c'est à côté qu'elle avait frappé, chez cet ami, chez ce parent, chez ce voisin. Mais notre compassion n'allait pas jusqu'à admettre qu'à quelques mètres près, le coup de fouet de la lame aurait pu atteindre Zazou, ou Mitzy, ou Mamour...

« Je le sais, m'avait dit cet ami. Je le sais mais je fais comme si je ne le savais pas. »

Nous faisons tous comme si nous ne le savions pas. Et, maintenant que j'y pense, c'est peut-être cela qui nous fait accepter la vie. Autrement, n'est-ce pas...

Et puis, lorsque le mauvais coup a été porté, nous posons-nous la bonne question ?

Pas toujours... La bonne question, la seule question, c'est : a-t-il été heureux avec moi, avec nous — ou bien mélancolique ou malheureux ? L'important, c'est la qualité de vie donnée, non sa quantité, non sa durée. L'important, c'est d'avoir pu apporter à une bête, née pour la joie de vivre, sa dose espérée de vrai bonheur, et d'en avoir reçu, en retour, autant ou davantage.

Alors tout est en ordre, même si ce qui devait irrémédiablement arriver nous est, par malheur, advenu...

Bernard R. l'avait compris...

« Viens. On va en sortir un autre du bagne d'un refuge... »

Table

Du même auteur
aux Éditions Albin Michel

JULIEN OU LA ROUTE À L'ENVERS
récit
Prix des Écrivains Combattants 1976

LA MARÉE MONTANTE
récit

UN HOMME À VENDRE
roman

L'HISTOIRE ÉDIFIANTE ET VÉRIDIQUE DU CHAT MOUNE
récit
Prix de la S.P.A. 1981

SACRÉES VACANCES
roman
Prix Scarron 1982

LES NOUVELLES AVENTURES DU CHAT MOUNE
récit

LE GRAND VOYAGE DU CHAT MOUNE ET AUTRES HISTOIRES
récit

LE CHAT MOUNE ET SES COPAINS
récit

Aux Éditions du Pré-aux-Clercs

LES MARLOUPINS DU ROY
roman

Cet ouvrage, composé par
Comp'Infor à Saint-Quentin,
a été imprimé et broché
par l'imprimerie Pollina à Luçon
pour les Éditions Albin Michel

Achevé d'imprimer en janvier 1990
N° d'édition 10984. N° d'impression 12006
Dépôt légal février 1990